SAGAS DE HERÓIS E CAVALEIROS

Mitos Germânicos

Volume I

Título do original: Helden- und Rittersagen
Tradução: Gisela Eckschimidt
Produção Gráfica: Katia Halbe
Diagramação: Adra Cristina Martins Garcia
Capa: Isabel Carballo

Dados Internacionais de Catalogação na Publicação (CIP)
(Câmara Brasileira do Livro, SP, Brasil)
Martin Beheim-Schwarzbach
Rio de Janeiro: Paz e Terra, 1996.
ISBN 85-219-0249-2
1. Contos alemães I. Título

96-5230 CDD-833

Índices para catálogo sistemático
1. Contos: Literatura alemã 833

EDITORA PAZ E TERRA S.A.
Rua do Triunfo, 177
01212-010 — São Paulo — SP
Tel.: (011) 223-6522
Rua Dias Ferreira n.º 417 — Loja Parte
22431-050 — Rio de Janeiro-RJ
Tel.: (021) 259-8946

1996
Impresso no Brasil / *Printed in Brazil*

MARTIN BEHEIM-SCHWARZBACH

SAGAS DE HERÓIS E CAVALEIROS

Mitos Germânicos

Volume I

Tradução: Gisela Eckschmidt

PAZ E TERRA

ÍNDICE

A GUERRA PELA POSSE DA BELA GUDRUN

1

Há muito, muito tempo houve lutas, guerras, ódios, desesperos, traições e mortes por causa de Gudrun, a bela filha do rei Hettel, soberano dos dinamarqueses e frísios, da casa de Hegelingen. Foi uma história semelhante à guerra que envolveu gregos e troianos por causa da formosa Helena e que terminou com a destruição de Tróia depois de um cruel derramamento de sangue. Muitas vezes os homens mataram-se uns aos outros por causa de uma linda mulher.

Tudo começou com Hilda, a mulher do rei Hettel, mas esta história teve um final feliz e todos se reconciliaram.

Quando Hettel herdou o reino, era ainda muito moço, vivia sozinho no castelo de Matelan, à beira do rio Belt, e desejava muito casar-se para ter uma esposa com quem pudesse dividir o trono. Aconselhou-se pois com seus mais valorosos cavaleiros, que eram: Wade, o mais habilidoso espadachim do reino, embora já estivesse ficando velho; Horand, o príncipe dos frísios, que tocava alaúde e cantava como nenhum outro no reino; Morung de Nifland e um outro, chamado Frute, o astuto. Eles sabiam que o rei Hagen, soberano da grande ilha de Iselândia, no mar do Norte, tinha uma filha chamada Hilda, cuja beleza corria de boca em boca. Algumas pessoas viram-na e descreveram-na para o jovem rei, que passou a desejá-la mesmo sem tê-la visto.

Hettel enviou mensageiros ao rei Hagen, mas eles retornaram sem nenhuma resposta. Era claro que o rei não queria entregar sua filha. Dizia-se ele que havia mandado matar alguns pretendentes mais ousados. Então Wade ofereceu-se, juntamente com um grupo de homens destemidos e bem-treinados, para atacar Iselândia e raptar a princesa. Mas Frute propôs usar a astúcia, e Hettel gostou da idéia.

Os quatro cavaleiros equiparam um navio com bijuterias, vasos, tapetes e outros objetos ornamentais, aportaram na costa da Iselândia e solicitaram permissão para abrir um estabelecimento onde pudessem vender suas mercadorias. Os habitantes do lugar logo acorreram, curiosos, e os quatro cavaleiros, em trajes de mercadores, misturaram-se ao povo e fizeram com que o falatório sobre os estrangeiros chegasse ao castelo, aos ouvidos da princesa Hilda.

Certo dia ela apareceu na praia e deixou-se ir até o navio. Então, em pouco tempo a âncora foi levantada e o navio zarpou mar afora, levado por ventos favoráveis. Em vão o rei Hagen esperneou e gritou, pois até a tripulação de seus navios estar a postos a nau de Hettel com a princesa já havia desaparecido no horizonte.

Hilda, que estava sendo tratada pelos seus raptores como uma rainha, sentada no convés sonhava com o futuro, pois já havia pressentido que um jovem e amável rei a esperava e que ao lado dela teria uma vida bem mais interessante que a aborrecida rotina da casa paterna. Sem opor resistência aos seus raptores, desembarcou em frente ao castelo de Matelan muito orgulhosa e mal contendo a alegria. Hettel apareceu em seguida, e ao primeiro olhar os dois se apaixonaram.

Alguns dias depois o rei Hagen e mil guerreiros desembarcaram diante do castelo de Matelan. O rei foi o primeiro a descer. Irado, exigiu em altos brados que o raptor de sua filha aparecesse, desafiando-o para um duelo. Hettel correu-lhe ao encontro. As espadas foram sacadas das bainhas. As lâminas faiscavam, e não era possível prever quem morreria primeiro.

De longe, Hilda via seu pai e o homem que amava se atracando como dois javalis enfurecidos. Finalmente, não agüentando mais, ela correu ao encontro dos dois homens, que, estarrecidos, recuaram para não ferir a moça.

— Parem com isso! Não quero perder nenhum de vocês dois! — exclamou ela, angustiada.

O pai baixou a espada e perguntou, espantado:

— O quê? Você ama esse bandido?

— Ele não é um bandido — respondeu ela. — Eu o segui por minha livre e espontânea vontade; é meu marido e eu serei a rainha deste lugar.

Diante dessa explicação, o raivoso pai emudeceu. Seu assombro era tanto que as pernas lhe vacilaram e ele teve de sentar-se na areia para refletir. Já não fazia sentido continuar a luta, e assim os dois reis fizeram as pazes. O casamento foi celebrado no castelo de Matelan e Hilda tornou-se rainha da Dinamarca, da Frísia e de Hegelingen.

2

Hettel e Hilda tiveram um filho que se chamou Ortwin e uma filha, Gudrun. Gudrun tornou-se a mais linda moça de todo o reino, e a fama de sua beleza chegava até os lugares mais remotos. Poetas e trovadores exaltavam-lhe a beleza em todos os castelos, e não havia príncipe nem cavaleiro que não ansiasse por pedi-la em casamento. Alguns se perderam nessa paixão, depois de vislumbrarem Gudrun e serem rejeitados, porque Hettel e Hilda eram tão orgulhosos da beleza de sua filha que não encontravam pretendente à sua altura. Siegfried, rei de uma terra de muitas charnecas, foi recebido no castelo e gozou do direito de hospitalidade, mas mesmo assim seu pedido foi rejeitado. Ele tinha para oferecer uma terra cheia de charnecas e pântanos, e isso era muito pouco, apesar de ser um nobre cavaleiro. Para Gudrun, a mais bela dentre as belas, eles queriam o imperador do mundo. Mas um imperador do mundo não existia. Hettel e Hilda haviam-se tornado tão arrogantes, quando o assunto era Gudrun, quanto Hagen, o pai de Hilda, o fora outrora — eram talvez ainda mais intransigentes. Siegfried retirou-se com o coração amargurado e nutrindo planos de vingança.

A fama de Gudrun chegou até à Normandia, a terra dos normandos, governada pelo rei Luís e por sua mulher Guerlinda. Eles tinham um filho chamado Hartmut e decidiram que a bela Gudrun da Dinamarca e da Frísia seria sua mulher. Enviaram uma delegação até o castelo de Matelan com a incumbência de pedir a mão de Gudrun. Hettel e Hilda, com a hospitalidade costumeira, ofereceram-lhe do bom e do melhor, mas rejeitaram o pedido: Gudrun não teria um vassalo como esposo. Hettel fora avisado de que Luís da Normandia não era um soberano autônomo, mas tinha obrigações de vassalagem para com o rei do grande país vizinho dos francos. E, embora essa informação fosse procedente, Luís não gostava de ser lembrado disso. Os delegados nem foram apresentados à princesa, mas puderam vê-la de longe, às escondidas, brincando com uma bola num gramado em frente ao castelo.

Quando voltaram para casa sem ter alcançado o seu intento, Hartmut perguntou se Gudrun era mesmo tão formosa como todos diziam e eles responderam:

— Sim, é mais bela ainda do que os poetas a cantaram. Ninguém consegue descrever-lhe a beleza!

O coração de Hartmut consumiu-se de desejo. Aquela moça haveria de ser sua. Resolveu, pois, pedi-la pessoalmente em casamento e partiu com uns poucos amigos em direção a Hegelingen. Mas seu pedido recebeu a mesma firme rejeição que a de seus enviados. Ofendido, Hartmut retornou ao castelo de Kassiane, onde morava, e relatou à mãe a humilhação por que passara. Sua mãe, a rainha Guerlinda, era mulher orgulhosa e má, como as bruxas dos contos de fada, e tomou a inabalável resolução de fazer Hartmut casar com a mulher que desejava. E o que ela decidia, levava adiante.

Muita desgraça pairava sobre a terra do rei Hettel por causa da beleza de sua filha.

3

Então veio um pretendente que teve melhor sorte. Era o jovem Herwig, soberano da grande ilha de Selândia, perto da Dinamarca. Gudrun e Herwig conheciam-se desde a infância. Tinham brincado juntos e, ao se reencontrarem depois de muitos anos, apaixonaram-se imediatamente. Esse era o motivo pelo qual Gudrun dizia quando surgia algum pretendente:

— Você está certo, meu pai, esse eu não quero, não me convém.

Por muito tempo ela guardou segredo sobre o homem que lhe convinha. Herwig era um jovem de altas virtudes cavalheirescas, belo, forte, corajoso como nenhum outro, e não aceitou que ficasse em segredo o juramento, que ambos haviam feito, de pertencerem um ao outro. Assim, foi pedir a mão de Gudrun em casamento. Mas também ouviu-se um "não" como resposta.

— Vocês são muito jovens — disse Hettel —, e além do mais o seu reino é muito pequeno. Não é o pretendente certo para a minha filha.

— Hei de realizar façanhas — respondeu Herwig, muito orgulhoso — em que seus ouvidos não acreditarão, rei Hettel. Então o senhor não me rejeitará mais.

Estava resolvido a ir até às últimas conseqüências. Reuniu o seu exército, que não era muito grande mas se compunha de homens fortes e intrépidos, atravessou o Belt, o braço de mar que separava a ilha de Selândia da Dinamarca, pronto para tomar de assalto o castelo de Matelan. Não temia conquistar Gudrun pelas armas, porque tinha certeza de seu amor.

Hettel saiu a campo com o seu exército e a batalha começou. Mal as armas retiniram, Herwig avistou Hettel e bradou:

— Vamos decidir a luta só nós dois! Se eu o matar, Gudrun será minha. Se o senhor me matar, continue procurando o imperador do mundo para lhe entregar Gudrun!

As espadas dos dois heróis faiscaram, os golpes retumbaram nos escudos e não demorou muito para que o de Hettel se fendesse e seu capacete voasse. Herwig era o mais forte, e o destino de Hettel estava selado. Mas Gudrun, que a tudo assistia de longe, correu e se interpôs entre os dois lutadores, tal como sua mãe o fizera havia muitos anos, quando Hagen e Hettel lutaram um contra outro e ela os separara. Hettel teve de admitir sua derrota.

— Vamos fazer as pazes, rei Herwig. Você é um grande guerreiro, que sabe lutar por suas causas. Leve Gudrun e faça-a sua mulher.

Hettel sentiu-se muito humilhado por ser o mais fraco e por salvar-se da morte apenas com a interferência de Gudrun. Além disso, compreendeu que o importante não era o seu orgulho, mas o coração da filha. E assim, aos poucos, Hettel e Hilda acostumaram-se à idéia de ver sua filha ao lado de um rei tão valoroso e nobre. O noivado foi festejado com muita música, danças e jogos, e marcou-se o dia do casamento.

4

Más notícias, contudo, vieram interromper os festejos. Siegfried, o soberano do país das charnecas, não se conformou com o fato de ter sido rejeitado de forma tão vergonhosa e ainda por cima ver um outro ser agraciado com a mão de Gudrun. Um ódio incontido contra o rival apoderou-se de Siegfried. Equipou uma frota, reuniu seu exército, desembarcou nas costas da ilha Selândia, arrasou aldeias e campos arados e tomou de assalto o castelo de Herwig, enquanto este, em

Matelan, sem saber de nada, entretinha-se nos festejos com seus melhores homens.

Quando a notícia chegou ao castelo, Herwig reuniu imediatamente seus homens e, junto com o exército do rei Hettel, atravessou o estreito de Belt. Expulsaram os homens de Siegfried do castelo, mas não conseguiram derrotá-los, pois eles se entrincheiraram num lugar seguro, protegidos por taludes e fossos, apesar de sofrerem constantes ataques. Essa batalha sangrenta parecia não ter fim — e era apenas um ameno começo. O pior ainda estava por vir.

5

Enquanto isso, chegou à Normandia a notícia da guerra entre os exércitos de Hettel e Herwig contra Siegfried na ilha de Selândia, longe, portanto, do castelo de Matelan, onde as mulheres ficaram sem nenhuma proteção. Luís e Guerlinda, juntamente com Hartmut, forjaram um plano ardiloso: agir rapidamente, assaltar o castelo e levar à força Gudrun, a princesa cobiçada.

Foram preparados os veleiros mais velozes e escolhidos os melhores guerreiros. Em poucos dias as naus atravessaram os mares e aportaram numa enseada escondida da costa frísia. À noite um grupo de normandos aproximou-se do castelo, e ao amanhecer os tambores dos sobreviventes anunciavam que o castelo havia sido tomado de assalto e seria arrasado caso Hettel e sua mulher Hilda se negassem a entregar Gudrun a Hartmut, príncipe da Normandia, que a queria por esposa. Como qualquer resistência seria vã, foi permitida a entrada de um pequeno séquito dos invasores, porque a rainha Hilda, que no momento era senhora do castelo, não queria um inútil derramamento de sangue. Hartmut apresentou-se e disse à rainha que desejava Gudrun para ser sua mulher e nada mais. Se ela o acompanhasse de livre e espontânea vontade, não se faria mal a ninguém.

A rainha ficou perplexa, sem saber o que responder. Por fim, disse:

— O senhor é um bandido, um pirata traiçoeiro; age de maneira indigna, e não como filho de um rei!

Mas não conseguiu dizer mais nada. Hartmut sabia que ela tinha razão, mas agora já não podia voltar atrás, e a paixão com que desejava Gudrun calava-lhe qualquer outro sentimento. Irritado, retrucou:

— Os soberanos têm direitos que os outros não têm. Se Gudrun não me for entregue por bem, irá à força!

Então Gudrun saiu de seu quarto, de onde, trêmula, ouvira a discussão, e gritou-lhe:

— Também sou filha de soberanos e vivo de acordo com as leis dos soberanos. O rei Herwig de Selândia é o meu noivo, dei-lhe minha palavra. Nada me fará quebrar a promessa que fiz ao meu amado.

Hartmut fez um sinal aos seus homens, que se atiraram sobre Gudrun e levaram-na para fora. Paralisada de horror, ela não tentou defender-se. A rainha Hilda também ficou estarrecida, embora ninguém lhe tivesse feito nada. Então os homens de Hartmut, que haviam ficado fora do castelo, entraram e mataram todos os que se colocaram em seu caminho. Muito sangue foi derramado, e só uns poucos conseguiram escapar, fugindo pelos vários corredores e aposentos. Os normandos entregaram-se à pilhagem, levando objetos de valor, destruindo o que podiam à sua passagem. Mas arrasar o castelo, como Hartmut havia ameaçado, daria muito trabalho: as paredes eram grossas e se compunham de grandes pedras.

A valiosa presa Gudrun, alvo do assalto, estava em poder de Hartmut, que sem perda de tempo dirigiu-se para os navios e zarpou imediatamente.

Gudrun foi amarrada ao mastro para que não corresse até a murada e se jogasse ao mar.

— Linda moça, você está em meu poder — disse Hartmut — e será a rainha da Normandia. Não lhe resta outra escolha, e esta não é a pior, pelo menos é o que eu acho. — Em resposta, Gudrun cuspiu-lhe na cara.

6

Quando os mensageiros enviados pela rainha Hilda chegaram a Selândia e relataram a Hettel e Herwig o que havia acontecido, os dois homens foram tomados por uma raiva incontrolável e juraram vingança. Também Siegfried, que estava cercado pelos guerreiros de Hettel e Herwig, quando soube da notícia enfureceu-se e jurou vingar-se em nome da princesa, a causa de seu tolo e insidioso ataque contra Selândia. Enviou uma delegação ao acampamento inimigo para negociar a paz, propondo ressarcir os danos que havia causado e principalmente seguir com seu exército ao lado das forças de Hettel e Herwig. Tencionava unir suas forças contra os bandoleiros normandos, renunciando humildemente a Gudrun, que deveria ser libertada.

Sua proposta foi aceita com entusiasmo. Todos os homens que tinham armas foram convocados na Frísia e na Dinamarca, como também em Selândia e na terra das charnecas, e assim se formou um único exército. Todos os navios foram requisitados, e ventos favoráveis conduziram os guerreiros pelo mesmo caminho seguido pelos normandos. Estes haviam resolvido deter-se para descansar numa ilha coberta de dunas.

Desamarraram Gudrun do mastro, pois ali ela não podia jogar-se ao mar e nem fugir. Gudrun agachou-se na areia, pensativa, e sempre que Hartmut se aproximava dela virava o rosto e não falava com ele.

— Você será a rainha da Normandia. É muito melhor do que ser rainha numa ilhota como Selândia — ele tentava convencê-la. — Então ela encheu as duas mãos de areia e, como

uma criança, jogou-lha no rosto, cegando-o momentaneamente. Ele afastou-se, dando de ombros.

Logo depois, quando os normandos se preparavam para seguir viagem, surgiu a esquadra dos perseguidores. As quilhas dos navios rangeram na areia, os guerreiros saltaram em terra, os normandos correram de encontro a eles e houve um violento embate, como nunca se viu antes, porque os contendores lutavam nas águas lamacentas: uma batalha na areia movediça. Os atacantes não conseguiram avançar até as dunas, e o que foi pior: o rei Hettel morreu na luta.

Então anoiteceu e a escuridão envolveu rapidamente a todos. Os dinamarqueses voltaram para os navios levando o corpo de seu rei. Os últimos a chegar, porque deram cobertura para o recuo, foram Herwig e o jovem Ortwin, irmão de Gudrun, que já participara nas lutas em Selândia. Depois as trevas e um violento aguaceiro puseram fim ao vozerio e à confusão.

Ao alvorecer do dia seguinte os normandos haviam desaparecido. Hartum ordenara o embarque nos navios que estavam ancorados do outro lado da ilha e o retorno para casa, porque, para ele, mais importante que a luta era levar Gudrun, sua preciosa presa, com segurança até o seu reino. Quando o sol despontou, os navios normandos haviam desaparecido no horizonte.

Grande pesar e desalento dominava os frísios com a morte de seu rei, pois Herwig, que agora assumira o comando, reconhecendo que não tinha condições de alcançar as velozes naus dos normandos, com o coração confrangido ordenou o regresso.

— Essa campanha deve ser preparada com mais cuidado, mas juro que a minha Gudrun será libertada das mãos desses salteadores normandos, ainda que isso custe a vida de dez mil homens, inclusive a minha.

Amargurado, Ortwin, o mais jovem dos guerreiros, revoltou-se contra a ordem de retirada, mas teve de submeter-se ao conselho dos mais velhos. A rainha Hilda ficou inconsolável quando os homens chegaram com o corpo do rei e de mãos vazias, e também ela jurou que Gudrun teria de ser libertada e devidamente vingada, mesmo que isso levasse anos.

E de fato muitos anos se passaram, sete ao todo.

7

Os normandos aproximaram-se da costa de sua terra natal e entraram na enseada defronte do castelo real de Kassiane. O rei Luís, impaciente por saber como seu filho se saíra na empresa, ordenou que o levassem de barco até o ancoradouro. Era um soberano arrogante, orgulhoso e cruel, e teria ficado amargamente mortificado se a expedição houvesse fracassado. Quando avistou Gudrun, exultando na expectativa de ter como nora uma moça tão bonita, aproximou-se e disse-lhe em tom amistoso:

— Princesa, seja bem-vinda ao país dos normandos, onde será recebida com grandes honras. Por que esse olhar tão triste? Veja essa terra próspera e esse povo que lhe será submisso se você se casar com o meu filho. Ali, naquele majestoso castelo que se chama Kassiane, você será soberana.

Estendeu a mão para ajudá-la a descer, mas Gudrun repeliu-o, colérica:

— Nunca! Sou noiva do senhor Herwig de Selândia e não serei de ninguém mais!

— Esse você vai esquecer, minha linda criança — retrucou Luís. — Honras muito maiores do que as que o rei de Selândia poderia oferecer-lhe esperam por você.

— Honras? Ao lado de um pirata? — gritou Gudrun, com toda a raiva que acumulara durante o amargurado silêncio que conservou durante a viagem. — Bandidos, é o que vocês são! — continuou —, bandoleiros sem dignidade real. O que vocês me fizeram é uma afronta à honra dos cavaleiros. Salteadores, violentadores de donzelas, é o que vocês são...

Mas não conseguiu continuar. Uma raiva incontida apoderou-se do rei, a quem ninguém jamais insultara abertamente. Agarrou-a pelo braço e puxou-a até a amurada do navio.

— Para a água! — gritou. — Que morra afogada como uma ratazana! — Ia jogá-la ao mar, se Hartmut não tivesse puxado rapidamente a moça, libertando-a das garras do pai.

— Nunca mais faça isso — gritou Hartmut —, se quer que eu continue sendo seu filho! Gudrun está sob a minha proteção e ninguém, nem mesmo o senhor, pode tocar um só fio de seu cabelo. Eu a amo, ela é muito importante para mim, mais do que qualquer outra coisa, e ninguém pode fazer-lhe nenhum mal.

O rei teve de submeter-se e afastou-se enfurecido. Hartmut sentiu que gostava da moça acima de qualquer coisa no mundo. No desembarque, tentou segurar-lhe a mão para ajudá-la a descer, mas ela repeliu-o, irritada. Os marinheiros transportaram-na de barco até a praia e depositaram-na em terra firme. A rainha Guerlinda a esperava, ansiosa por conhecer a moça de cuja beleza todos falavam, e uma sombra de maldade perpassou-lhe o rosto. Foi ao encontro de Gudrun e ofereceu-lhe o habitual beijo de boas-vindas, como o rei lhe havia ordenado, mas Gudrun virou o rosto. Depois Ortrun, a irmã de Hartmut, abraçou-a sem tentar feri-la com um beijo e sussurrou-lhe:

— Não desanime, peço-lhe. Permita que eu seja sua amiga. Deixe-me ajudá-la para que você consiga sobreviver a tudo isso.

Espantada, Gudrun percebeu que pelo menos uma pessoa em todo aquele reino tinha um coração compassivo.

Vestiram-na com luxuosos trajes, deram-lhe acomodações confortáveis e alimentos especialmente preparados que lhe eram totalmente desconhecidos. Foi envolvida em luxo e esplendor, ornada de jóias, mas a vista de sua janela não dava para o mar, como ela tanto desejava, e sim para uma densa floresta, vales amenos e imponentes castelos como iguais não havia na Frísia, nem em Hegelingen, nem Dinamarca nem em

Selândia. Então ela duvidou de que algum dia os seus pudessem subjugar aquele rico país e libertá-la. Mas apesar disso mantinha inquebrantável sua obstinação.

8

Vencer essa obstinação era o objetivo da rainha Guerlinda, que era uma bruxa perversa, como as dos contos de fada. Naturalmente não sabia fazer feitiços, mas estava decidida a vencer a orgulhosa obstinação daquela princesa estrangeira, quer por meio de uma hipócrita bondade, quer por meio de uma cruel severidade. Hartmut, seu filho, que desconhecia esse intuito da mãe, pediu-lhe para ter paciência com Gudrun, pois pretendia conquistar-lhe o coração, não importando o tempo que isso levasse. Nunca pensava na possibilidade de Gudrun lhe ser arrancada à força pelos familiares dela e seu noivo. Sempre que lhe vinha declarar o seu amor, ela virava-lhe as costas.

A única pessoa em quem Gudrun confiava era Ortrun, pois essa menina, mais jovem que Gudrun, tinha um coração puro e sem maldade. Também uma jovem criada, que fora destinada para servi-la e que se chamava Hildburg, era-lhe totalmente fiel. Não fossem essas duas amigas, ela não teria suportado tudo o que ainda a aguardava. Mas, mais que a silenciosa comunhão com essas duas moças, o que realmente lhe mantinha a esperança acesa era a convicção de que Herwig viria libertá-la.

Houve muitos festejos pela vitória no castelo de Kassiane, e o primeiro deles foi dado logo após o regresso da expedição. Gudrun deveria ser reverenciada e honrada como futura rainha. Guerlinda ordenou-lhe que comparecesse à festa e recebesse os juramentos de fidelidade dos cavaleiros, mas ela recusou-se e não cedeu nem mesmo quando a rainha a ameaçou.

— Se quiserem que eu compareça — respondeu ela, obstinada —, então me amarrem e me exponham no salão de festas como uma escrava raptada. De espontânea vontade, não vou. Não quero ser rainha aqui, mas em Selândia!

— Ainda hei de fazer você rastejar, menina tola e malcriada! — sibilou Guerlinda. Seus olhos dardejavam ódio. Gudrun sentiu calafrios, mas manteve-se firme.

Hartmut não percebia nada das cruéis intenções de sua mãe. Partiu ao lado do pai para uma guerra que se prolongou por muito tempo e deixou Gudrun nas mãos da velha.

Um dia Guerlinda disse a Gudrun:

— Chega de privilégios e de vida ociosa. Como você não quer ser a mulher de meu filho, será uma criada e vai morar com a criadagem.

Gudrun foi obrigada a realizar as tarefas mais degradantes, mas, orgulhosa, não se queixou. Enojava-a as honras que lhe eram dadas e os ricos trajes que usava. Preferia viver em comunhão com a criadagem. Mas a rainha se empedernia cada vez mais e por fim ordenou que lhe cortassem os longos e dourados cabelos para serem usados como trapos de limpeza. E seguiram-se ultrajes piores ainda, pois veio também o chicote. Um servo, que dirigia a criadagem, recebeu permissão para chicoteá-la quando achava que ela não se mostrava suficientemente aplicada no trabalho. Também isso ela suportou sem se lamentar, enquanto pensava: "Esperem só, um dia Herwig chegará e me vingará de todos vocês".

Como o país estava novamente envolvido numa guerra, Guerlinda convenceu o rei a transferir Hartmut para um longínquo castelo, num posto avançado. Dali Hartmut não podia partir com facilidade para ver o que acontecia em Kassiane, e a guerra absorvia-o tanto que ele quase começou a esquecer Gudrun. O caminho estava livre para que Guerlinda pudesse tratar a rebelde como bem lhe aprouvesse. Pois mesmo o rei Luís havia-lhe dado carta branca:

— Faça o que quiser com essa moça. Ela precisa sentir na pele se não quer aprender por si mesma.

Guerlinda mandou Gudrun e Hildburg lavarem um monte de roupa suja na praia, sabendo muito bem que é impossível lavar roupa com água salgada e fria, mas era apenas para ter um motivo para judiar da moça com um rigor cada vez mais cruel. Jogou duas peças que ainda estavam sujas no rosto da moça e mandou-a de volta para que tornasse a lavá-las. Isso se repetia todas as manhãs.

Mais um verão terminou e a água tornou a esfriar. O inverno chegou, as espumas que o mar arrojava na praia e as poças tinham crostas de gelo. Gudrun permanecia insensível a tudo, enquanto Hildburg, que continuava fielmente ao seu lado, estava acostumada desde criança às intempéries. Não era isso o que mortificava as duas jovens corajosas, mas o fato de a esperança de serem libertadas começar a se desvanecer, porque o tempo, se cura as feridas, também abre com infinita lentidão uma nova ferida: a desesperança. O único coração em todo aquele horrendo castelo de Kassiane que batia por Gudrun era o de Ortrun, mas esta não podia ajudá-la.

9

Uma noite — ela agora dormia com as outras criadas num porão cercado de tapumes — Gudrun sentiu que um cisne, vindo do mar, alongava o comprido pescoço como se estivesse a procurá-la. Então correu rapidamente para junto dele, pois tinha certeza de que o cisne trazia uma mensagem para ela.

— Está me procurando, querido cisne? Tem alguma mensagem para mim? — perguntou.

— Sim — respondeu o cisne. — Tenho uma mensagem do seu amado, o rei Herwig de Selândia. Ele manda dizer que o seu sofrimento está chegando ao fim, pois se aproxima com um exército para libertá-la.

Nesse momento ela acordou. Trêmula, impaciente, levantou-se, jogou o cobertor sobre as costas e esgueirou-se para fora. Conhecia bem a estreita portinhola no muro que levava para fora do castelo e que era usada apenas pela criadagem.

Saiu por ela a toda pressa e correu para a praia. Amanhecia e o mar açoitava a praia com suas ondas cinzentas, mas ainda estava escuro. Então ela vislumbrou um bote com duas pessoas vogando no mar defronte dela.

Gudrun deixou-se estar ali, parada, como que petrificada, olhando fixamente para o bote que se aproximava da praia. Um dos homens remava enquanto o outro, de pé, observava o castelo.

Gudrun percebeu que Hildburg estava ao seu lado. A fiel amiga havia acordado quando ela se levantara e a seguira, pois não suportava vê-la sozinha em perigo. Os dois homens desembarcaram, saltaram sobre a areia e aproximaram-se das duas moças.

— Não tenham medo — disse um deles. — Não lhes faremos nenhum mal. Queremos apenas uma informação.

O coração de Gudrun parecia querer saltar-lhe pela garganta. Não era a voz de seu amado Herwig? Mas ele não a reconheceu. Ela não conseguiu dizer palavra, pois de repente ficou envergonhada do seu cabelo desgrenhado e da coberta que trazia aos ombros, uma manta para cavalos.

— Que querem, estrangeiros? — perguntou Hildburg.

— Queremos saber — retrucou Herwig — qual o nome daquele castelo e quem é o seu soberano.

— Aquele é o castelo de Kassiane, e seus soberanos são o rei Luís e a rainha Guerlinda.

Então Gudrun tomou a palavra e disse:

— Mas eles não são nem rei nem rainha, são apenas bandidos que raptaram uma princesa e a mantêm prisioneira. É bom que também saibam disso, estrangeiros.

— Como? — perguntou Herwig. — A quem eles raptaram? — Ele e Ortwin chegaram mais perto das moças. Não podiam ser reconhecidos com seus longos casacos e com os capuzes que lhes cobriam as cabeças. Ainda não haviam reconhecido Gudrun, pois ela colocara a manta sobre a cabeça, mas nesse momento deixou-a cair e disse apenas:

— A mim.

Herwig e Gudrun caíram um nos braços do outro e choraram de felicidade. E, como não se separassem, Ortwin postou-se entre os dois e também abraçou e beijou a irmã. Comovida, Hildburg afastou-se, chorando. Então cada um começou a falar, mas às pressas, porque era perigoso permanecer ali por muito tempo, apesar de estarem atrás de um recife, escondidos dos olhares dos vigias da ameia do castelo. Além disso, não era possível simplesmente levar as duas moças embora, porque o bote era pequeno demais para quatro pessoas. Gudrun tinha outro plano.

— Não quero ir embora com vocês dessa maneira, e também não quero deixar Hildburg aqui sozinha. Não quero fugir furtivamente, às escondidas. Vocês devem vir buscar-nos de espada na mão, como convém a cavaleiros. Venham amanhã à noite com os outros guerreiros armados até os dentes. Aquela porta que dá para os aposentos da criadagem, ao pé da muralha do castelo, ali entre os recifes, estará aberta para vocês.

E, agoniados pela pressa, detalharam todo o plano.

10

Em Matelan, Ortwin chegara à maioridade e deveria ser coroado rei. Antes disso Hilda governara em nome do filho, mas em nenhum momento deixara de lado os preparativos para a incursão na Normandia, que deveria trazer-lhe de volta Gudrun e vingar a afronta que recebera. Isso levou muito tempo, pois não foi a um primeiro sinal que os vassalos reuniram todos os seus guerreiros. Entrementes, pescadores e comerciantes vindos da costa da Normandia relataram que uma forte guarnição estava estacionada junto ao castelo de Kassiane e provavelmente haveria guerra. A hora tão esperada soara.

Por fim vários navios zarparam com numerosos guerreiros comandados por Herwig. Ortwin jurara não cingir a coroa antes de trazer Gudrun sã e salva para casa.

Ainda durante a noite, Herwig e Ortwin, sem serem vistos da praia, resolveram remar até perto da costa num pequeno bote, que havia sido levado a reboque do navio, para descobrir se eles estavam na posição correta nas proximidades do castelo inimigo. Foi exatamente isso que Gudrun vira no sonho, um sonho tecido pelo amor; foi assim que ela se dirigiu à praia ao alvorecer e por fim os dois se encontraram.

Quando Herwig e Ortwin retornaram ao navio, tomaram todas as providências para o desembarque na noite seguinte e para o assalto ao castelo. Mal conseguiam aguardar o início da luta pela qual haviam esperado tanto tempo.

De manhã, no castelo de Kassiane, Gudrun apresentou-se ao seu verdugo, a rainha, e disse-lhe:

— Não suporto mais esta vergonha. Dou minha palavra e minha mão ao seu filho. Serei rainha quando Hartmut for rei. Mande chamar seu filho o mais rápido possível para selarmos o acontecimento com uma festa. E mande-me roupas. Também preciso ser lavada, ungida e penteada. Ontem à noite joguei ao mar as peças de roupa que deveríamos levar à praia para lavar...

— Meus caros lençóis de linho! — queixou-se Guerlinda.

— Azar dos seus caros lençóis de linho. A senhora não deveria tê-los dado para serem lavados pela filha de um rei. E agora, vamos, prepare a festa, dê-me três e não seis criadas para me servir e mande um mensageiro, o mais rápido de todos, até Hartmut. Ele não precisa perder tempo prepararando uma comitiva, mas deve estar aqui amanhã à noite e cingir-me em seus braços.

Assim falou Gudrun, com muita astúcia, e Guerlinda não teve escolha: submeteu-se e tudo foi feito conforme o desejo de Gudrun.

11

Ainda de madrugada um mensageiro cavalgou até o acampamento onde se encontrava Hartmut, ali chegando ao meio-dia. O coração de Hartmut palpitou de felicidade e logo ele saltou no mais veloz dos seus cavalos, mal tendo tempo de gritar a alguns cavaleiros que estavam a sua volta para acompanhá-lo. Voou até o castelo de Kassiane, aonde chegou ao anoitecer. Apeou-se do cavalo e correu pelos corredores para abraçar aquela que enfim julgava ter conquistado. Mas Gudrun estava fechada em seu quarto com algumas criadas e mandou dizer-lhe:

— Não se apresse tanto, senhor Hartmut, estou me trocando. Ainda não lhe pertenço. Só mais tarde, quando festejarmos o acontecimento.

Assim ele teve de conformar-se, mas fê-lo cheio de júbilo.

Pouco depois a festa começou e Gudrun apareceu radiante, em trajes festivos que ela mesma havia escolhido entre os vestidos de Ortrun e trazendo na cabeça uma tiara dourada que Ortrun lhe dera de presente. Nem mesmo agora aceitou o beijo de boas-vindas daquele que se considerava seu futuro esposo, e também rejeitou o beijo do rei e da rainha, dizendo altivamente:

— Ainda não chegou a hora. Quando chegar a hora, vocês terão uma surpresa.

Todos ficaram muito intrigados com essas palavras, que não entenderam. O banquete começou, prolongando-se por horas. Serviram-se as iguarias mais saborosas e os melhores vinhos, enquanto jograis e trovadores entretinham os comensais com quadras jocosas. Hartmut, sentado ao lado de Gudrun, lançava-lhe olhares ternos, mas também preocupados. Não tinha coragem de tentar beijá-la novamente. Absteve-se de beber muito vinho, pois queria manter a lucidez para o tão ansiado momento de suprema felicidade.

A rainha Guerlinda, que bebera muito, aproximou-se de Gudrun e disse-lhe:

— Vamos esquecer todo rancor, princesa. Só fiz aquilo para obrigá-la a ser feliz.

Também para ela Gudrun disse estas palavras enigmáticas:

— Mais tarde, quando a festa terminar. Ainda não chegou a hora.

Guerlinda não entendeu o que ela queria dizer. O rei Luís estava embriagado e muitos outros comensais também. A única pessoa que sentia medo e uma intranqüilidade inexplicável no coração era Ortrun, que não tirava os olhos de Gudrun, a princesa estrangeira tão provocante e tão amada.

De tempos em tempos a criada Hildburg saía furtivamente do salão e dirigia-se até o porão, onde abria a porta do aposento dos criados para verificar se a hora havia chegado.

Foi só quando bateu meia-noite que essa hora chegou. Defronte do pequeno portão estavam reunidos os melhores guerreiros da Frísia, Dinamarca, Hegelingen e de Selândia, protegidos pela noite sem lua, aguardando o sinal de Hildburg. Mais de uma centena de soldados entrou de espada em punho. Um atrás do outro, com Herwig e Ortwin à frente, passaram pela estreita portinhola, subiram a escada que levava ao longo corredor das armas e entraram no salão onde se desenrolava a festa. Lá estavam eles, como um raio caído do céu, diante da grande mesa. Herwig então gritou, retumbante e ameaçador:

— Vingança para Gudrun!

— Vingança para minha irmã! — bradou Ortwin.

De um salto, os comensais levantaram-se. Os homens procuraram pelas armas, mas haviam entrado no salão sem as espadas; estavam armados apenas com adagas, das quais nunca se separavam. As mulheres gritavam, e muitas ajuntaram-se num canto onde estavam os jograis e trovadores, outras esconderam-se debaixo da mesa, puxando a toalha e derrubando a louça, a comida e as bebidas.

Hartmut ficou petrificado. Não mexia um único músculo. Num piscar de olhos os homens recobraram a lucidez e correram em direção à porta oposta à dos invasores, mas ali esbarraram com seus criados. Apenas o rei Luís tinha uma espada. Cego de ódio, arremeteu contra Herwig e, após um curto embate, o velho rei caiu ao chão com a cabeça cortada ao meio.

Muito agitada, numa palidez mortal, Gudrun acompanhava o espetáculo à sua volta com olhares fulgurantes. Mas um cavaleiro que se encontrava perto dela puxou a adaga pronto para enterrá-la nas suas costas.

— Bruxa maldita, se esse é o nosso fim, que seja também o seu! — bradou ele.

Mas Ortwin foi mais rápido, e antes mesmo que a adaga rasgasse o vestido de Gudrun, sua espada atravessou o coração dele. Esse cavaleiro e o rei foram os primeiros a morrer.

Depois disso muitos encontraram a morte. O grande salão era agora um campo de batalha. Ouviam-se gritos, vozerios, retinir de espadas e o clamor das mulheres. Os inocentes jograis e trovadores, que estavam sentados perto da porta, conseguiram escapar. Havia um grande número de cavaleiros e outros servos militares do lado de fora do salão, que se arremessaram no seu interior, preocupados em salvar a própria pele, porque perceberam que outros cem guerreiros de Herwig haviam cercado o castelo e matavam todos os que tentavam fugir. Mas isso pouco adiantou: um após outro foram tombando todos os que haviam participado do rapto de Gudrun.

O salão encharcou de sangue. Ali lutavam, como nos velhos tempos em que a rainha Hilda foi raptada de Iselândia, os melhores guerreiros: lá estavam Wade de Sturmland, o chefe frísio Horand, que sabia cantar e tocar o alaúde tão bem quanto manejar a espada, Frute, conhecido por sua astúcia, e Morung de Nifland. Também Siegfried, vindo da terra das charnecas, estava ali, ele que havia muito superara a dor de não poder ter Gudrun mas que estava pronto para vingar-se contra aquele que a raptara. Do lado dos normandos, assaltados de surpresa, muitos também lutaram como heróis, mas não lhes conhecemos os nomes.

E a rainha Guerlinda, a bruxa? Ela simplesmente foi abatida, e não se sabe por quem. Quando tudo terminou, seu corpo foi encontrado cheio de ferimentos. Gudrun quase se lamentou por isso, pois teria gostado de levá-la como prisioneira e obrigá-la a lavar roupa na água fria e salgada do mar.

Quanto às outras mulheres que foram levadas, não tinha a intenção de impor-lhes tal castigo.

E Hartmut? Ele não pegou em armas. Apenas levantou-se e ali permaneceu em pé como uma estátua de pedra, olhando fixamente para Gudrun. O amor e o terrível despertar de seu sonho de felicidade deixaram-no paralisado. Seus olhos encontraram os de Gudrun e ele leu a morte neles.

Mas estava enganado. No coração de Gudrun havia uma fagulha de piedade. Quando um dos seus guerreiros ergueu a espada para matá-lo e ele não se defendeu, Gudrun percebeu que era o amor que o paralisava, que ele preferia a morte à vida sem ela. Então Gudrun disse ao guerreiro:

— Não, não o mate. Ele será meu prisioneiro.

Quando tudo acabou, Hartmut foi amarrado — o que era desnecessário, pois ele não se defendia e nem tentaria escapar — e levado para o navio.

A luta terminara. O salão de festa era uma desolação. Os mortos jaziam aos montes. As mulheres foram puxadas de baixo da mesa e reunidas num canto; a elas foram reunidas as criadas que serviam os comensais, até que todas juntas, como um bando de ovelhas amedrontadas, foram conduzidas ao navio para se tornarem escravas. Também Ortrun, que ninguém reconheceu, estava entre elas, pois — como todas as outras — havia escondido seu rosto sob um lenço.

Por fim ateou-se fogo ao castelo: tudo o que era madeira desapareceu nas chamas, restando apenas as paredes de pedra enegrecidas pela fumaça. Assim deve ter ficado em Tróia, depois de sua queda, o castelo Ílion, do qual dizem terem os gregos combatido durante dez anos por causa de uma mulher.

12

No navio, durante a viagem de volta, Gudrun ficou observando o grupo das prisioneiras e em seguida ordenou-lhes que tirassem os lenços com que usavam para esconder o rosto em sinal de luto. Todas obedeceram, menos uma. Gudrun aproximou-se dela e disse-lhe:

— É Ortrun. Tirem-lhe o lenço, porque ela não tem motivo para estar de luto. Soltem-lhe as cordas.

Assim foi feito, e Gudrun ficou olhando para o rosto amedrontado de Ortrun. Então pegou a mão da moça, levou-a pelo convés do navio até onde estava o seu irmão e disse-lhe:

— Esta mulher não deve ser presa, pois quero-a como minha amiga. É um coração puro, sempre foi boa para mim e não tomou parte nos crimes cometidos pelos seus familiares. Peço-lhe, querido irmão, que nada de mal lhe aconteça. Em casa vou levá-la até minha mãe para que ela se liberte de toda mácula.

Beijou as faces de Gudrun e impediu a moça de beijar suas mãos.

Ortwin aceitou a moça e disse-lhe que seria rei de agora em diante e que ela seria bem cuidada. Mas não seria sua criada. E escondeu durante toda a viagem o que ela seria para ele. Não conseguia admitir nem para si mesmo que estava gostando dela, e seu coração batia mais forte quando acreditava ler nos olhos da moça que seu amor era retribuído.

O único homem que viajava como prisioneiro — pois todos os demais foram mortos ou fugiram — era Hartmut, que permanecia calado e pensativo num canto. Herwig censurava Gudrun por ter salvo a vida dele.

— O que vamos fazer com ele? — perguntou, aborrecido. — No final teremos de matá-lo de qualquer jeito.

Gudrun dava de ombros, porque nem ela mesma sabia o que fazer com Hatmut.

Assim chegaram ao castelo de Matelan, onde a rainha Hilda os recebeu com alegria e aclamações de boas-vindas. A notícia da expedição vitoriosa chegou antes dos navios. Feliz, a rainha Hilda abraçou a filha que regressava a casa, e sem mais demora iniciaram-se os preparativos para o casamento de Gudrun e Herwig. Também o jovem Ortwin foi coroado rei, num ato festivo.

Porém a senhora Hilda não concordava em aceitar a princesa normanda Ortrun e dar-lhe o beijo de amizade. Não, os normandos eram um bando de salteadores e a filha do rei Luís não poderia viver livre em sua corte. Mas será que se esquecera de que ela também um dia fora raptada pelos homens de Hettel, e que esse rapto redundara em felicidade para ambos? Sim, sem dúvida a senhora Hilda sabia disso, ou deveria sabê-lo, mas mesmo assim não queria tomar conhecimento da realidade. Ortwin tentou convencê-la. Gudrun contou como Ortrun tinha sido boa para com ela. Por muito tempo os dois irmãos tentaram fazê-la mudar de opinião e abrandar suas idéias mesquinhas.

Finalmente o conseguiram, e Ortrun foi levada à presença da rainha, de quem recebeu o beijo de amizade. Quando a senhora Hilda abraçou-a e beijou-a, também conquistou-lhe o coração.

Demorou bastante tempo para que Ortwin reconhecesse seu amor por Ortrun e seu desejo de torná-la sua esposa. Mais uma vez a senhora Hilda teve que superar seus melindres contra a moça, pois com o casamento Ortrun seria rainha de Hegelinge. Mas acabou dando o seu consentimento.

E assim se realizou um duplo casamento. A criada Hildburg continuou servindo Gudrun e nunca teve motivos de queixa. E Hartmut? Continuou preso, infeliz e meditabundo. Não queriam matá-lo nem mantê-lo como escravo. Então resolveram mandá-lo de volta à Normandia, após o juramento solene de deixar de lado toda inimizade e nunca tramar intrigas contra Matelan. Assim ele retornou com o coração alquebrado para as ruínas do castelo de Kassiane e dedicou o resto da vida à tarefa de reconstruir a sua terra.

ROLF POLVO E SUA VINDITA DE SANGUE

Há muito tempo eram soberanos em Danlândia um rei chamado Helge e sua mulher, a rainha Yrsa. Quando Yrsa concordou em casar com Helge, não sabia que era sua parente próxima. Tal união era proibida pelos deuses, e os homens daquela época e daquele país respeitavam a vontade dos deuses. Certo dia, um ano depois de estar casada com Helge, Yrsa descobriu que era sua parente próxima e teve tanto medo da cólera dos deuses que resolveu separar-se do marido. Embarcou num navio e foi para a Suécia. Quando chegou à corte do rei Adil, que governava o sul da Suécia, casou-se com ele e permaneceu ao seu lado como rainha daquele país.

Helge ficou mortalmente desolado, pois amava sua esposa, e enviou mensageiros rogando-lhe que voltasse. Ela, no entanto, retrucou que isso não era possível e que seu casamento com ele não tinha validade, porque parentes próximos eram proibidos de casar-se.

Helge ficou dias, semanas e meses perdido em cismas para descobrir como conseguir Yrsa de volta. Uma incursão militar para trazer à força a mulher amada era impossível: a Danlândia era um país muito pequeno para lutar contra o grande e forte exército da Suécia. Por fim, em seu desespero, Helge teve a idéia de comprar sua mulher ao rei Adil, pois todos sabiam como Adil era avarento e ganancioso. Helge acumulara muita riqueza, porque seu pequeno país havia muito não guerreava e era muito próspero.

Pegou, pois, um grande chifre cheio de jóias e outros objetos de valor no tesouro real e foi para a Suécia.

O rei Adil recebeu-o com toda a hospitalidade. Quando Helge apresentou sua proposta de levar para casa a senhora Yrsa em troca de um rico presente, Adil, após ter vislumbrado as jóias e pedras preciosas, ficou indeciso entre a vontade de tê-las em seu poder e a dignidade real que proibia dar sua mulher por um pequeno tesouro, o que poderia ser usual entre comerciantes, mas não entre reis.

Finalmente Adil encontrou uma saída: propôs a Helge convencer sua mulher a regressar por sua própria vontade, e só então concordaria em receber o chifre cheio de jóias.

Helge dirigiu-se aos aposentos de Yrsa e tentou convencê-la a voltar. Lembrou-lhe o filho de ambos, Rolf. Mas quando ela soube que seria trocada por um presente e um resgate, ficou muito indignada com o descaramento de Adil e também com a intenção de Helge de trocá-la dessa maneira. Manteve-se firme na decisão de não retornar a Danlândia, tão profunda era a obediência aos mandamentos dos deuses em seu espírito piedoso.

De nada adiantaram os esforços para convencê-la, nem os agrados, as promessas de amor e a lembrança de suas obrigações de mãe. Manteve-se inabalável em sua decisão. Nem mesmo a ameaça de levá-la à força surtiu efeito, pois ela limitou-se a responder:

— Isso você não pode fazer, Helge. Você não tem poder suficiente, e mesmo que o tivesse não me teria de volta.

Desolado, Helge dirigiu-se novamente a Adil e foi obrigado a confessar o fracasso de sua empresa. Nesse meio tempo, a cobiça crescera em Adil e ele tentou convencer Helge a raptar a mulher, garantindo que não interviria .

Aí foi a vez de Helge opor-se a esse plano insolente.

— Se Yrsa não quiser me seguir espontaneamente, prefiro desistir dela. Não penso em usar a força.

Adil não gostou disso nem um pouco, pois o desejo de possuir as jóias de Helge não lhe saíam da cabeça. A custo

Helge conseguiu arrancar das mãos de Adil o pequeno tesouro, e quando por fim este o entregou, havia em seu olhar tanta maldade e cobiça que o hóspede deveria ter percebido que algo de ruim lhe poderia acontecer. Mas Helge não pensava no perigo que o ameaçava, de tal forma estava desolado por terem todos os seus esforços redundado em fracasso. Com o coração partido, despediu-se e os dois reis separaram-se como bons amigos.

Profundamente decepcionado, Helge e sua comitiva partiram a cavalo até o local onde estava ancorado seu navio. Ele não tinha a mínima idéia da vil traição que estava sendo preparada contra ele. Ao atravessarem uma floresta, foram atacados por um número muito superior de salteadores que os esperavam numa emboscada. Não lhes passou pela cabeça que eram homens de Adil. Foram mortos violentamente, e o chifre com as jóias foi arrancado de Helge antes mesmo que ele expirasse. Apenas um integrante da comitiva conseguiu esconder-se na densa vegetação.

Protegido pela escuridão da noite, ele alcançou o navio e levou a terrível notícia até a Danlândia. Estava convencido de que só o próprio rei Adil poderia ter instigado aquele crime para apoderar-se das jóias. Uma tristeza profunda apossou-se do país, porque Helge fora um soberano justo e bondoso. Milhares de maldições foram lançadas contra o assassino do país vizinho. Sobre o jovem Rolf, que herdou a coroa, recaía, no entanto, o dever da vindita de sangue, um dever sagrado: a vingança de morte do assassino ou de seus descendentes pelo homicídio de um parente próximo ou do mesmo sangue — costume muito antigo, que considerava uma desonra a falta do cumprimento desse dever.

Mas Rolf era muito jovem — quase um menino — e por isso ainda não podia desincumbir-se dessa obrigação. Além disso era de constituição frágil, e até havia dúvidas sobre se algum dia seria um herói e guerreiro. Em compensação tinha uma inteligência viva e aberta, de forma que os nobres não

vacilaram em escolhê-lo como sucessor de seu pai. Naquela época o país não precisava de preocupar-se com inimigos externos, e conselheiros sábios estavam ao lado do jovem rei, que era suficientemente sagaz para lhes ouvir os conselhos. Rapidamente e sem muito esforço ele dominou a arte de governar. Seus julgamentos eram tão acertados, mesmo nas mais intricadas questões, que muitas vezes os velhos e experientes conselheiros ficavam assombrados.

Todos os anos, durante a festa do solstício, os homens leais ao rei, os conselheiros e os cavaleiros reuniam-se e juntavam as mãos para proferir o voto solene de que continuariam leais ao rei, cada um no seu posto e à sua maneira. De repente a porta abriu-se, um jovem meteu-se entre a guarda e entrou no salão, parando defronte do rei e olhando-o muito surpreso.

Os presentes balançaram a cabeça em sinal de desaprovação e por fim o rei perguntou:

— Por que está me olhando dessa maneira? Quem é você?

— Meu nome é Wögger — respondeu o rapaz — e não sou nada de especial, apenas filho de um camponês. Ao olhar para você fiquei muito surpreso, pois você deveria ser o rei.

— E eu sou o rei — retrucou Rolf. — O que há nisso de tão surpreendente?

O rapaz meneou a cabeça, coçou atrás da orelha, deu um sorrizinho e depois disse:

— Lá em casa todos dizem que o rei Rolf da Danlândia é de longe o homem mais alto e forte de todos e enfrenta qualquer viking. Mas, vendo-o aqui sentado, parece-me que quem está no trono é uma pequena gralha. — E riu com muito gosto, como se tivesse contado uma boa piada.

— Você acha, meu caro — retrucou Rolf —, que para ser rei é preciso ser alto e forte? Pois está enganado. Você falou algumas coisas que não têm graça nenhuma. Mas não o levo a mal, porque a sinceridade me agrada. Além disso, sem querer você me sugeriu um nome, um nome de guerra. Para o bem e para mal devo agora tomá-lo para mim. Daqui em diante vou me chamar Rolf Polvo e prometo trazer para esse nome fama e prestígio. Ouviram, senhores?

Os cavaleiros, nobres e conselheiros não sabiam direito o que responder. Alguns não gostaram, outros queriam rir, mas o senso de humor do rei impôs a todos e eles bateram palmas em sinal de aprovação.

— E agora, como é costume — continuou Rolf Polvo —, e você que é filho de camponês deve saber disso, quando alguém dá um nome a outra pessoa deve dar-lhe um presente. O que, meu bom amigo, você vai me dar?

— Dar um presente a você, rei Rolf Polvo? — respondeu Wögger embaraçado. — Eu não tenho nada. Só há uma solução: se você me quiser, eu ofereço a mim mesmo como presente e lhe servirei se você me aceitar.

O jovem rei gostou do esperto rapaz, estendeu-lhe a mão e disse:

— Isso pode ser feito. Mas tem de haver um presente. E, como vejo que você realmente não tem nada para me dar, vamos mudar o costume: o que recebeu o nome deve dar um presente ao que deu o nome. — E, ato contínuo, tirou um bracelete de bronze que trazia no braço e deu-o a Wögger. Este ajoelhou-se e disse em tom solene:

— Prometo matar o homem que um dia levantar a mão assassina contra você!

Daí em diante o rei Rolf ficou sendo Rolf Polvo.

Aconteceu que nos três anos seguintes Rolf Polvo transformou-se totalmente. Se antes fora franzino e delicado, o que fez o jovem Wögger compará-lo a uma gralha, agora crescera e ganhara forças, a ponto de assemelhar-se a um guerreiro forte e alto. Também adestrou-se na arte de manejar as armas, tornando-se capaz de superar qualquer adversário. Sua maneira de ser também mudou. Agora só se interessava por aventuras, feitos heróicos e glórias guerreiras. Uma vez, quando os temíveis vikings atacaram as costas da Danlândia para se entregarem aos seus costumeiros saques, Rolf saiu decididamente contra eles e comprovou ser um cavaleiro tão audaz e habilidoso que aqueles que lhe eram leais afeiçoaram-se a ele com entusiasmo ainda maior.

Entre seus guerreiros escolheu doze jovens especialmente robustos e corajosos que a partir de então estavam sempre ao seu lado. Eram a sua guarda pessoal, e entre eles estava também Wögger, o filho de camponês. Todos se destacavam por sua força e selvageria. Ter um grupo de homens desses à sua volta era um hábito de muitos reis nórdicos, conhecidos como "guerreiros selvagens". Junto com esses guerreiros ele empreendia inúmeras ações de saque no litoral de países distantes, de onde outrora os guerreiros partiam com o objetivo de saquear seu reino, para recuperar tudo o que haviam levado ilegalmente, e não demorou muito para que o seu nome fosse temido por todos. Os despojos que trazia para casa eram sempre divididos entre o povo. Ele mesmo já não tinha em seu poder a antiga riqueza de seu pai, pois esta havia ficado nas mãos dos ladrões que lhe haviam matado o pai e sua comitiva na Suécia.

Recuperar o tesouro, mas principalmente vingar-se de Adil, a quem considerava o assassino de seu pai, não lhe saía da cabeça. Aos poucos foi forjando os seus planos — o dever da vindita de sangue o chamava. Mesmo assim esse empreendimento teria que ser muito bem preparado, pois o rei da Suécia tinha ao seu dispor um exército muito mais numeroso que o dele.

Quando mais um vez o rigoroso inverno nórdico terminou e a primavera quebrou o gelo sobre o estreito que separava a Danlândia da Suécia, Rolf Polvo equipou três navios e partiu para as costas daquele país. Após terem desembarcado, enquanto se preparavam para passar a noite na praia, Rolf e seus homens subiram uma pequena colina e avistaram uma bonita fazenda. Rolf decidiu pedir autorização para pernoitar ali, e ao dirigir-se até a casa da fazenda deparou repentinamente com um homem que ele julgou ser o proprietário. Era um homem de elevada estatura, vestido com um grande manto azul-escuro e trazendo na cabeça um grande chapéu de abas moles. Chegando mais perto, via-se que esse homem tinha apenas um olho. O outro olho brilhava como a luz do fogo na escuridão da noite que sobre ele descera.

Depois de ouvir o pedido de Rolf, o homem, com muita amabilidade, ofereceu-lhe hospitalidade, abriu um grande salão para ele e seus companheiros pernoitarem e em seguida serviu-lhes uma refeição farta, acompanhada de saboroso hidromel. Depois de dizer-lhe o seu nome, Rolf ficou sabendo que seu simpático, singular e digno hospedeiro chamava-se Rany.

Poucas pessoas sabiam que Rany era o nome que Wotan, o pai dos deuses, usava quando se misturava entre os homens.

O camponês Rany pediu a Rolf Polvo para contar-lhe o que o trazia a àquelas terras. Tão imponente era a presença desse homem, e havia tanta dignidade em seu olhar, na sua fala e nos seus gestos que Rolf sentiu-se tomado por uma inexplicável obrigação de revelar-lhe o seu empreendimento. Ao ouvi-lo, o homem não ficou nem um pouco espantado, como se já soubesse o que os homens da Danlândia queriam ali. Entretanto, balançou a cabeça em sinal de desaprovação e ponderou:

— Você não vai combater contra um exército, Rolf Polvo. O seu próprio exército vai perder-se inutilmente em lutas contra os suecos. Para que uma expedição militar, como se você quisesse conquistar toda a Suécia? Não, os seus doze fiéis guerreiros são mais que suficientes para executar o seu plano. Um grande número de guerreiros será apenas um estorvo para você. Ordene ao seu exército que volte ou espere o seu retorno nos navios. Enquanto isso, você e seus doze guerreiros vão até o castelo de Adil e fazem o que deve ser feito.

Era muito estranha a fala do camponês Rany, como se ele desse ordens ao rei da Danlândia, mas mais estranho ainda é

que Rolf Polvo não se surpreendeu com isso, mas aceitou o conselho de Rany sem vacilar. Enviou um mensageiro até os homens que estavam acampados na praia, com a ordem de retornarem aos navios. Ele mesmo pernoitou com seus fiéis companheiros na fazenda de Rany.

De manhã bem cedo, ao despedirem-se de seu hospedeiro, este disse:

— Você fez bem, Rolf Polvo, em ter deixado seu exército para trás e não se envolver numa guerra contra esse país por causa de uma vindita e do tesouro de seu pai. Agora vá e faça o que tem de ser feito!

Entre os doze guerreiros de Rolf, havia vários que jamais acatavam os conselhos de alguém que nunca haviam visto antes, mas ninguém replicou. Entreolharam-se, balançaram a cabeça em sinal de aprovação e ficaram totalmente presos ao fascínio do caolho, cujo único olho brilhava estranhamente. Mas havia um entre eles que pensou consigo mesmo que esse camponês assemelhava-se muito ao pai dos deuses, ao menos como as pessoas o descreviam. Mas não teve coragem de abrir a boca, pois temia ser objeto da chacota dos outros.

Depois que os homens partiram, o camponês, envolto no seu grande manto azul-escuro, ficou ali parado, olhando-os, mesmo depois de já terem desaparecido na floresta. Por fim espreguiçou-se e olhou para o céu, e então foi como se sua enorme figura duplicasse de tamanho. Levantou a mão e do alto do céu matinal desceram nuvens como se anunciassem um temporal. As nuvens chegaram mais perto e pararam aos pés de Rany. Eram três cavaleiras montadas em cavalos brancos como a neve. Eram as Valquírias, encarregadas de executar as ordens do pai dos deuses: proteger os guerreiros que deviam permanecer vivos, levar os mortos às profundezas ou ao Walhall para fazerem parte do exército celestial.

— O senhor nos chamou? Aqui estamos. Qual é o seu desejo? — perguntaram-lhe.

— O rei Rolf Polvo cavalgou com seus doze companheiros rumo ao castelo de Adil para vingar-se — respondeu ele.

— Quem deverá morrer e quem deverá ficar vivo? — perguntaram as Valquírias.

— Todos os que são culpados pela morte do rei Helge devem morrer. Dos homens de Rolf Polvo, nenhum deve morrer.

Rápidas como um vendaval, as três Valquírias partiram galopando em seus corcéis, no meio de uma nuvem branca e desapareceram entre os raios do sol que nascia sobre a floresta.

A possibilidade de que o rei Rolf Polvo da Danlândia pudesse procurá-lo não passava pela cabeça do rei Adil. Quando recebeu a mensagem, estava acompanhado apenas pelos seus companheiros de farra e bebedeira. Um frio percorreu-lhe a espinha, pois o que mais essa visita podia significar senão a vindita de sangue que o ameaçava havia anos?

Depois veio a notícia de que o rei da Danlândia não avançava com o seu exército, mas apenas com alguns companheiros. Adil recobrou coragem, imaginando que ele e seus criados dariam um jeito nos inimigos, seja pela violência, seja pela astúcia. Primeiro resolveu recebê-los amigavelmente e cumprimentá-los como convidados. Mas deu ordens a todos os homens que estavam no castelo para se armarem e ficarem de prontidão.

Quando Rolf Polvo entrou no salão com os seus guerreiros, não deixou Adil nem abrir a boca: gritou-lhe já da porta:

— Não precisa tentar fazer cara de bom amigo, pois no seu coração só há maldade. Estou feliz por estar enfim frente a frente com o assassino de meu pai para acertarmos as contas.

Adil tentou ganhar tempo, defendendo-se:

— Não fui eu...

Mas Rolf interrompeu-o:

— Não foi você? Quem foi, então? Foi você quem instigou os assassinos de meu pai e seus companheiros! Desafio-o para um duelo. Pegue sua espada!

— Minha espada... — gaguejou Adil. — Vou mandar buscá-la...

De novo tentou ganhar tempo, e dali a pouco apareceram seus homens para defendê-lo. Antes que Rolf e seus guerreiros percebessem o que estava acontecendo, o salão encheu-se de homens armados. No momento seguinte as espadas estavam desembainhadas. Rolf e seus guerreiros responderam ao ataque dos homens de Adil e uma luta furiosa se travou no salão. Ouviam-se gritos ensurdecedores de raiva e de dor e o retinir das armas. Rolf e seus guerreiros liquidaram os inimigos apesar de estes serem em número muito maior. Ninguém sobreviveu.

Quando o tumulto cessou, Rolf procurou o cadáver de Adil, que deveria estar entre os mortos, mas ele não estava lá. O rei usara seus homens como escudo e esgueirara-se para fora do salão, deixando-os sozinhos na luta. Além disso a porta do salão estava trancada por fora: Rolf e seus guerreiros estavam presos. A covardia de Adil, que conseguiu escapar da justa vingança, tornou-se mais evidente.

Quando Rolf e seus homens se preparavam para arrombar a porta unindo suas forças, abriu-se uma outra porta que até então ninguém percebera e na soleira surgiu uma mulher de alta estatura e cabelos brancos. Rolf Polvo reconheceu imediatamente Yrsa, sua mãe.

Todos se calaram. Yrsa, então, disse:

— Rei Rolf, sua vindita está consumada. Seu dever foi cumprido. Não provoque outras mortes!

Rolf aproximou-se e conseguiu apenas dizer:

— Minha mãe...

— Sim, sou a sua mãe — tornou ela. — Ouça o meu conselho e atenda ao meu pedido. É verdade, foi Adil quem incitou a criminosa emboscada e o roubo das jóias. Mas os assassinos jazem aqui em seu sangue, mortos por você e seus homens. Ninguém escapou com vida.

— O principal culpado continua vivo — protestou Rolf.

— Eu não censuro os seus atos — continuou Yrsa. — Vingar a morte de seu pai era o seu dever. Adil fugiu. Mas ele não queria a morte de seu pai. Dominado pela cobiça, queria apenas o tesouro. Um de seus homens, um dos que estão aqui mortos, matou o seu pai. Deixe as coisas como estão. Basta-lhe reaver o tesouro. Matar o rei Adil seria um novo delito, e com isso haveria um outro homicídio, que por sua vez teria de ser reparado. Uma cadeia de desgraças sem fim é a vindita, você sabe disso. Quebre essa cadeia, é o que sua mãe lhe suplica. Seu direito de reaver o tesouro roubado não lhe é tirado. Veja aqui.

Ela segurava algo escondido debaixo do casaco. Era o chifre do rei Hegel com as jóias e pedras preciosas. Todos rodearam a mulher e olharam fixamente o tesouro.

— Isso é mais do que conseguimos em todas as nossas expedições de saque — disse Rolf. — Pertence-me de direito. Mas também me pertence de direito o sangue de Adil.

— Pegue isso — disse Yrsa — e renuncie ao sangue de Adil. Com esse tesouro seu pai quis me comprar de Adil, meu marido, e Adil, meu marido, quis me vender a seu pai. Foi uma coisa degradante, mas não deu certo. Torne esse tesouro novamente honrado e puro, Rolf. Renuncie a mais sangue. Agora aconselho-o a voltar rapidamente, pois é bem possível que Adil esteja reunindo mais guerreiros para atacá-lo. Em poucas horas um forte exército estará aqui. Só nos seus navios vocês estarão a salvo de novas traições.

— Volte conosco para a Danlândia, mãe — disse Rolf. — Seu lugar não é aqui.

— Apesar de tudo, meu lugar é aqui — retrucou Yrsa. — Não tente me convencer, mas apresse-se a partir.

Rolf tinha esperanças de ainda conseguir apanhar o covarde Adil antes que seu exército chegasse e, com as jóias debaixo do casaco, retirou-se ao lado da mãe, seguido pelos doze homens. Saltaram para seus cavalos e voltaram pelo mesmo caminho por onde vieram. Não sabiam que direção tomar na perseguição a Adil.

Haviam cavalgado pouco tempo quando perceberam que estavam sendo seguidos. E, quando saíram da floresta e chegaram a uma grande planície, avistaram um grande grupo de perseguidores atrás deles. Então Rolf Polvo deu uma gargalhada e, uma a uma, foi jogando para trás as peças contidas no chifre. E o que ele esperava com esse ardil aconteceu. Quando os perseguidores chegavam ao local onde se achava uma jóia, havia um bom atraso e quase sempre ocorria um tumulto entre eles, de forma que em pouco tempo eles ficaram bem para trás. Apenas Adil, sozinho, continuou a perseguição, pois a cobiça pelas jóias era mais forte que sua covardia. A morte de Adil já havia sido determinada pelo pai dos deuses, e quando os deuses querem arruinar alguém, como diz o provérbio de um antigo poeta, antes ele é abatido pela cegueira.

Rolf escolheu um bracelete cravejado de brilhantes e jogou-o no chão, gritando para os companheiros:

— Continuem cavalgando, com esse eu vou acertar as contas sozinho.

Quando Adil apeou do cavalo e, exultante, apanhou o bracelete, Rolf caiu sobre ele e enfim vingou-se da morte de seu pai. Então os perseguidores interromperam a perseguição, colocaram o rei sobre seu cavalo e voltaram para o castelo. Ele ainda não estava morto. Pediu um cântaro com vinho para matar a sede, mas bebeu com tanta sofreguidão que morreu sufocado.

Rolf Polvo em pouco tempo alcançou seus doze companheiros. Chegaram novamente à fazenda do camponês Rany para descansar e, como no dia anterior, solicitaram-lhe hospitalidade. Foram recebidos com a mesma gentileza. Na sua alegria Rany trouxe um capacete e um escudo pouco vistosos e muito pesados para dá-los de presente ao seu hóspede.

— Leve essas coisas, rei Rolf Polvo, pois tempos virão em que vai precisar delas.

Rolf Polvo olhou desdenhoso para o presente e retrucou, altivo:

— O rei Rolf Polvo não aceita tais peças de um camponês, pois possui no seu quarto de armas peças bem melhores.

Ele não sabia que havia pronunciado palavras ofensivas, e muito menos a quem havia ofendido. Rany levantou-se, seu rosto ficou sombrio e, com um brilho sinistro no seu único olho, gritou:

— Se o camponês é ruim demais para lhe dar um presente, homem altivo, então o camponês é bom demais para dar abrigo a gente tão tola. Saiam da minha casa e nunca mais atravessem a soleira de minha porta!

Essas palavras foram ditas num tom tão amargo, e o olho do camponês brilhava tão ameaçador, que os valentes e robustos rapazes entreolharam-se muito confusos e ninguém disse nada. Em silêncio montaram em seus cavalos e seguiram para a praia. Durante muito tempo ninguém disse palavra. Por fim, Wögger falou:

— Sinto-me muito estranho. Você sabe o que significou ter ofendido aquele homem. Ele não me pareceu ser um camponês.

Rolf puxou as rédeas de seu corcel e disse angustiado:

— Tem razão. Eu agi como um tolo. Vamos voltar e tentar fazer as pazes com ele.

Deram meia-volta e cavalgaram em direção à fazenda de Rany. Mas, ao chegarem à colina onde deveria estar a casa da fazenda, não havia mais nada lá. Nu e abandonado: era assim que estava o alto da colina.

Em casa, más notícias esperavam pelo rei. Já durante a viagem de navio, torturaram-no sombrios pensamentos, cujo significado não era capaz de compreender. Era como se a sombra do camponês lhe toldasse o ânimo. Tomou a resolução de fazer oferendas aos deuses tão logo chegasse a casa e também não realizar nenhuma viagem antes de ter certeza de que os

deuses o abençoavam novamente, pois essa benção, como bem o sentia, ele a havia perdido.

Uma parte de seu país havia-se revoltado, incitada por sua irmã, que era ávida e invejosa. Dizia-se que a distribuição do último saque fora injusta. Um exército estava acampado num sítio escondido fora da cidade. Rolf Polvo ofereceu um banquete à sua irmã e ao marido dela, que tinha esperanças de tomar o poder, pois nada sabia sobre os guerreiros acantonados. Após o banquete, quando todos dormiam, os portões foram abertos, os guerreiros rebeldes entraram e caíram sobre o rei e seus companheiros. Estes tentaram defender-se, mas, sonolentos e sem armas, foram mortos no assalto traiçoeiro.

Na manhã seguinte a irmã de Rolf e seu marido estavam sentados no trono no meio dos mortos e recebiam as homenagens de seus seguidores, quando um homem banhado em sangue entrou cambaleando, atirou-se de joelhos diante deles e, com extrema dificuldade, assim falou:

— Sou Wögger, um dos companheiros do rei Rolf Polvo. Quero servi-lo com lealdade, agora que o senhor é rei, como servi ao meu rei. Suplico-lhe que me aceite como seu servo.

O interpelado trocou um olhar com sua mulher e depois disse:

— Esta noite já correu sangue suficiente. Se você fizer o juramento de fidelidade, poderá entrar para o meu serviço.

— Então dê-me a espada para que sobre ela eu faça o juramento. A minha se quebrou — disse Wögger.

Sem desconfiar de nada, o rei entregou-lhe a espada. E, mal a teve entre as mãos, Wögger levantou-se de um salto e, rápido como um raio, enterrou-a no coração do homem antes que alguém pudesse esboçar um gesto.

No mesmo instante foi abatido, e nos últimos estertores disse, num sopro de voz, com um sorriso de vitória nos lábios:

— Cumpri o meu juramento: mandei para o inferno o homem que matou o meu senhor.

Wieland, o ferreiro

Apesar de ser o filho mais velho de um rei, o gigante Vadoso não se tornou rei. Deram-lhe esse nome porque cresceu tanto que nos trechos dos rios onde os outros tinham de atravessar a nado ele apenas atravessava a vau, ou seja, vadeava. Assim todos o chamavam de Vadoso, e por fim já ninguém sabia qual o seu verdadeiro nome. Era uma pessoa tão contemplativa e sossegada que seu pai, o rei Wiking, decidiu que quem herdaria a coroa não seria Vadoso, apesar de ser o mais velho, mas sim um de seus irmãos. Vadoso não se importou, pois fazia pouco caso das honras e fadigas da dignidade real. Preferiu casar-se e ter filhos, viver quieto e tranqüilo como proprietário de fazendas. Vadoso teve três filhos, que receberam os nomes de Wieland, Eigel e Helferich.

Cada um desses filhos tinha um dom especial. Helferich conhecia profundamente as ervas e as forças da natureza e tornou-se um importante médico. Eigel tinha um olho tão penetrante quanto o do falcão e atirava com o arco e a flecha como nenhum outro em seu país, de forma que ninguém conseguia competir com ele como caçador. Wieland dedicou-se ao martelo e à bigorna. Era um ferreiro nato: desde pequeno já era capaz de fazer armas e uma porção de outras peças, e a coisa de que mais gostava era ficar ao lado do fogo da forja.

Vadoso mandou os três filhos para serem aprendizes junto aos melhores mestres, de acordo com os dons de cada um. Wieland foi ser aprendiz de dois famosos anões, Elberich e

Goldmar, os mais capazes e habilidosos ferreiros de todo o mundo e que moravam numa caverna montanhosa, através da qual tinha acesso aos metais do interior da terra, ao ouro e ao ferro, acumulando tesouros que ninguém jamais havia visto. Mas eram anões cobiçosos, que só queriam aumentar os seus tesouros, sem usá-los para algo de bom.

Wieland era o aprendiz mais habilidoso que os anões jamais tiveram. Em pouco tempo nada mais tinham a ensinar-lhe, e depois de transcorridos os seus anos de aprendizado ele sabia tudo tão bem quanto os próprios anões. Por isso eles não queriam que ele fosse embora, pois lhes prestava excelentes serviços.

Quando Vadoso veio buscar o seu filho, Elberich lhe disse:

— Está tudo bem, mas ele ainda precisa aprender mais alguma coisa. Se você deixar seu filho mais um ano conosco, ele será um mestre perfeito e será tão valioso para nós que devolveremos o dinheiro que você nos deu para ele aprender o ofício. Que acha disso?

O pai de Wieland não gostou muito da idéia e resistiu em concordar, mas o rapaz gostava tanto do trabalho na forjaria dos anões que não queria ir embora. Além disso, estava obcecado com a idéia de aprender cada vez mais. Assim insistiu com o pai para ficar mais um ano, até que Vadoso concordou. Então um dos anões, Goldmar, disse:

— Não se esqueça de um velho costume do nosso ofício, que provavelmente você conhece.

— Não, não sei de nada — disse Vadoso. — Que costume é esse?

— Se você não buscar o seu filho no dia combinado, ou seja, exatamente daqui há um ano, e nem um dia a mais, ele terá de ficar conosco a vida inteira e trabalhar para nós.

— Eis um costume muito estranho — disse Vadoso, franzindo a testa. — Nunca ouvi falar disso.

— É uma lei milenar entre os ferreiros — explicou Elberich. — É um ofício austero e sagrado e possui leis rígidas e sagradas.

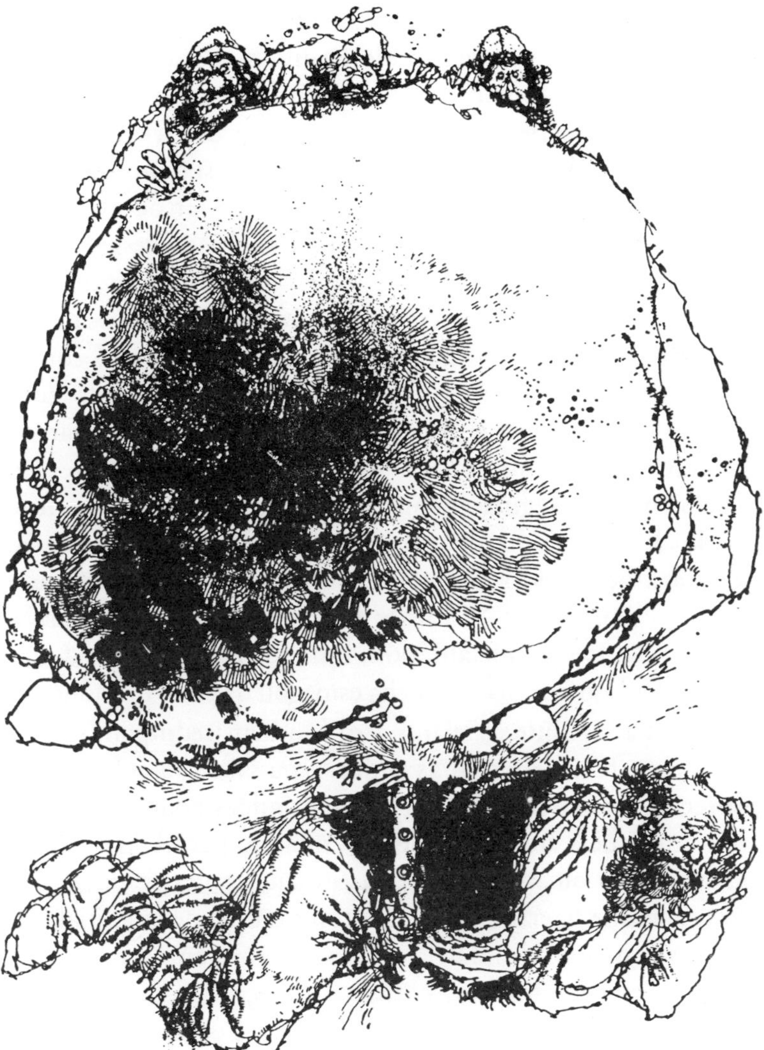

Vadoso acabou aceitando essa explicação, mas não a levou muito a sério. Só quando voltava para casa é que lhe pareceu que aqueles dois anões tinham em vista alguma maldade. Enquanto isso, Wieland continuou trabalhando muito satisfeito na bigorna. Aprendeu ainda a ourivesaria e teve a oportunidade de conhecer o lugar onde os anões guardavam os seus tesouros. Ali viu um anel que fora forjado nos tempos antigos por Mime, o experiente ferreiro com quem Siegfried de Xanten, o matador de dragões, aprendera a forjar sua própria espada, a espada Balmung. Esse anel tinha o poder de escravizar pelo amor aquele a quem o portador do anel escolhesse.

Depois de Wieland ter passado mais um ano como aprendiz dos anões, Vadoso já se encontrava diante da caverna havia três dias, para não chegar tarde demais, mas não conseguia encontrar a entrada. Os anões haviam-na fechado com pedras. Durante todo o dia Vadoso procurou-a e, apesar de estar ouvindo das profundezas da terra o retinir e o bater do martelo, não conseguia encontrar a entrada. Então deitou-se ao lado de uma rocha para passar a noite ali e não percebeu que estava bem perto da entrada. Os anões haviam tramado um plano para matar Vadoso e ficar com o aprendiz para o resto da vida. Desprenderam, pois, uma rocha logo acima do lugar onde Vadoso dormia, e a rocha esmagou o velho, matando-o.

No dia seguinte Wieland acordou bem cedo para procurar seu pai e teve de retirar as pedras para sair. Viu então o que acontecera e logo compreendeu que os anões eram os responsáveis por aquele ato cruel. Depois, quando percebeu como os dois trocavam olhares e mal conseguiam conter-se de alegria pelo crime que haviam cometido, tomou uma decisão inabalável. Não conseguindo mais controlar o ódio, empunhou a espada que estava forjando, cortou a cabeça dos dois anões e deixou-os ali banhados em sangue. Wieland entrou na caverna e deparou com o cavalo Cíntilo, um animal branco como a neve e fantasticamente veloz e que ele nunca havia visto antes porque os anões mantinham-no escondido para, em caso de perigo, poderem fugir. Em seguida encheu um saco com pedras preciosas, pegou o anel mágico que Mime havia forjado, colocou tudo sobre o cavalo e foi embora para casa.

Daí em diante passou a viver numa das fazendas de seu falecido pai, juntamente com seus irmãos. Cada um dos irmãos encontrou uma mulher, mas Wieland não se casou. Interessava-se apenas pela arte de ferreiro. A primeira coisa que fez foram cem anéis iguais ao anel mágico, a coisa mais preciosa que possuía. Assim ninguém conseguiria distinguir o anel verdadeiro dos falsos. Isso feito, pendurou-os todos num arame. Sabia que a notícia de que possuía um anel mágico espalhara-se misteriosamente por toda parte e que os ladrões, e mesmo os mais poderosos reis, invejavam-no e cobiçavam esse tesouro. Apenas Wieland sabia distinguir o verdadeiro anel entre os cem outros falsos.

Nessa época o povo dos niaros, que vivia bem ao norte, era governado por um rei chamado Nidung. Mais tarde os niaros extinguiram-se e deles não sobreviveu ninguém. O rei Nidung tinha uma linda filha chamada Batilde e dois filhos menores. Nidung amava tanto a filha que colocava aos seus pés todas as riquezas do mundo e todo e qualquer desejo da filha ele tentava satisfazer. Ela ouvira falar no anel mágico do ferreiro Wieland, que morava em outro país, pois Wieland era tão famoso como ferreiro quanto o seu misterioso anel. Batilde queria o anel e diariamente molestava o pai com seu pedido.

— Está bem — dizia o rei Nidung. — Vou-lhe trazer o anel, mesmo se tiver que roubá-lo. Mas como vou reconhecer o anel, se Wieland colocou cem anéis idênticos no mesmo arame?

Ela sabia como agir: deu-lhe um instrumento cujas cordas testavam os sons, pois ao entrarem em contato com uma peça mágica emitiam um som diferente. Herdara esse instrumento de sua mãe, e esta da mãe dela.

O rei Nidung achou que o plano daria certo. Reuniu pois um grupo de guerreiros bem armados e seguiu com eles para a ilha onde Wieland morava com seus irmãos. Quando viram os saqueadores chegando, os três irmãos chamaram os servos e houve uma luta sangrenta. Mas, como os guerreiros de Nidung eram muito superiores em número e em armas, os irmãos e os servos fugiram ainda com vida para uma floresta das imediações e ali esperaram até que os ladrões fossem embora.

O assalto de Nidung tinha um único objetivo: o anel mágico. As outras jóias e pedras preciosas não lhe interessavam, pois as tinha até demais. Entre os cento e um anéis enfiados no arame, encontrou sem problemas o anel mágico graças ao instrumento que Batilde lhe havia dado. No dia seguinte, quando os irmão retornaram, ficaram muito surpresos, pois todos os seus bens permaneciam intocados. Estranharam muito a expedição de saque na qual as espadas foram desembainhadas e sangue derramado, mas nada fora levado.

Mal Wieland imaginara o que havia acontecido, sua suspeita foi confirmada: seu anel mágico desaparecera. Era o que o rei dos niaros queria. Caiu em profunda prostração, pois era uma coisa maravilhosa e misteriosa a posse daquele anel. À tristeza veio juntar-se um anseio ardente por algo que ele não sabia o que era. Uma intensa angústia arrebatou-o com violência, e ele só sabia que tinha de partir — para onde e por quê, não podia dizer.

Era o amor por aquela que agora era a dona do anel que o atingira e que o mantinha cativo. Construiu um barco suficientemente grande para transportar seu cavalo Cíntilo, atravessou o mar e chegou às costas do país dos niaros, onde Nidung era rei e Batilde usava o anel no dedo. Ali foi preso pelos guardas costeiros e levado à presença do rei, que não o reconheceu, pois durante o saque não o vira. O rei interrogou-o, querendo saber quem era, de onde vinha e para onde ia. Wieland disse que era ferreiro e se chamava Goldbrand, que havia partido em busca da felicidade e suas únicas posses eram seu ofício e seu cavalo Cíntilo.

Então Nidung propôs-lhe ficar no seu reino e trabalhar como ajudante de seu ferreiro, Amilias. Se mostrasse perícia, com toda a certeza encontraria ali a sua felicidade. Nidung não sabia que aquele estrangeiro só tinha uma coisa em mente: conquistar a mulher que usava o anel — a quem até então nem havia visto. Wieland aceitou.

Um dia, quando enfim viu Batilde com seu anel no dedo, reconheceu o que acontecia com seu coração: estava apaixonado por aquela moça, que aos seus olhos era a mais bela e adorável de todas as mulheres. Mas ela não se importou com ele.

Amilias, que era também um ferreiro muito talentoso, logo sentiu inveja de Wieland e tentou rebaixá-lo, dando-lhe serviços degradantes. Mas Wieland sabia como transformar lâminas de espadas totalmente enferrujadas e quebradiças em ferros inteiriços e brilhantes.

Certa vez o rei gostou tanto de um trabalho realizado por Wieland que lhe disse:

— Apenas um ferreiro consegue fazer esse trabalho: o ferreiro Wieland. Dizem que ninguém o iguala — então você, Goldbrand, é o único que pode equiparar-se a ele.

Isso acirrou a inveja de Amilias e logo começaram as brigas, uma ofensa aqui, outra ali, até que o próprio rei resolveu interferir e propôs uma competição. Amilias deveria fabricar um capacete tão resistente que nenhuma espada tivesse condições de fendê-lo, e Goldbrand uma espada que partisse o mais forte capacete. Os dois adversário concordaram. Se o capacete de Amilias resistisse à espada de Goldbrand, este morreria, mas se a espada de Goldbrand rachasse o capacete de Amilias, era este que perderia a vida. Os dois ferreiros poderiam trabalhar em suas peças durante um ano.

Amilias logo começou a trabalhar e não largou o fole nem de dia e nem de noite. Wieland não se preocupou, e começou a trabalhar apenas um dia antes da prova. Quando terminou a espada, o rei disse que queria vê-la.

— É uma bela espada. Só não entendo como conseguiu fazê-la em tão pouco tempo. Pois disseram-me que você ficou fazendo outras coisas ou então ficou por aí à toa sem fazer nada.

— Acho — retrucou Wieland — que ela ainda não está boa. Vamos experimentá-la. — Foi até um riacho e jogou um punhado de algodão na água, que foi levado pela correnteza até o fio da lâmina da espada. O algodão foi cortado ao meio, mas por uma fração de segundo parou em frente à lâmina. Então Wieland jogou a espada num monte de ferro-velho e disse:

— Preciso fazer outra.

— Uma outra espada? E em tão pouco tempo? Meu bom homem, você deve estar maluco — disse o rei, muito espantado.

Wieland deu de ombros e começou a trabalhar.

No dia da competição lá estavam os dois, Amilias e Wieland, ambos de bom humor e muito seguros de si, gritando bravatas e ofensas um ao outro, segundo os antigos costumes. Então Amilias colocou seu capacete, posicionou-se diante do adversário e disse irônico:

— Pode bater com força, seu fanfarrão. Você vai ver!

Wieland baixou a lâmina da espada sobre o capacete de Amilias e, mesmo sem usar toda a sua força, atravessou-o como se fosse feito de madeira e enterrou a espada na cabeça do adversário, que caiu morto. O rei e a corte acompanharam a competição estarrecidos e também surpresos, e por fim todos bateram palmas entusiásticas. Batilde também estava lá, mas não demonstrou nenhum interesse.

Wieland ficou aflito e disse, muito desgostoso:

— Sinto muito que a sua inveja lhe tenha custado a morte.

— Que obra magnifíca é essa espada! Só o próprio Wieland teria feito uma igual a essa! — exclamou Nidung.

— É, pode ser — retrucou Wieland — e voltou-se novamente com paixão para Batilde, que sem lhe conceder sequer um olhar e um sorriso, retirou-se. O coração de Wieland confrangeu-se de dor.

— Essa espada é digna de um rei, desejaria muito possuí-la — disse Nidung. Wieland percebeu que lhe era dada uma oportunidade de vingar-se, negando-se a atender ao pedido do rei.

— Pode levá-la como presente, rei Nidung, mas dê-me um tempo para fazer a bainha e ornar o cabo.

Wieland não sentia rancor contra Nidung, apesar de ele ter roubado seu anel por causa de Batilde. O rei ficou muito satisfeito e disse:

— Fique aqui conosco, Goldbrand. Já percebi que você não pode ser outro senão Wieland.

A essas palavras Wieland estremeceu, mas teve de revelar sua verdadeira identidade. Nidung continuou:

— Fique aqui, mestre Wieland, e não mais como meu ferreiro, mas como meu hóspede. Sente-se à minha mesa ao lado de meus guerreiros e beba, divirta-se e participe das caçadas como se fosse o rei de um país amigo. Colocarei à sua disposição os metais mais nobres e quantos aprendizes e ajudantes você necessitar para criar o que quiser.

E assim aconteceu. Daí em diante Wieland viveu entre os nobres e os homens mais honrados da corte de Nidung, mas ainda assim Batilde não lhe concedia nem mesmo um olhar. A paixão o devorava e ele sentia-se muito infeliz.

Não suspeitava quanta desgraça ainda o esperava.

Certo dia um exército de um país vizinho atacou as fronteiras do reino de Nidung e ele partiu com seus homens para combatê-lo. Também Wieland seguia ao lado do rei, montado em seu cavalo Cíntilo. Nidung apressara-se tanto na hora da partida que se esqueceu de uma pedra preciosa, sua pedra de sorte. Quando percebeu que estava sem ela, foi tomado por terrível sensação de impotência. Além disso, acabara de chegar um mensageiro com a notícia de que o exército inimigo era muito superior ao de Nidung. Sem a sua pedra da sorte o rei não tinha coragem de prosseguir, mas a batalha entre os dois exércitos era eminente. Reuniu os seus seguidores mais fiéis e disse muito preocupado:

— Àquele que me trouxer a pedra antes de iniciar-se a batalha darei qualquer coisa que desejar, mesmo a mão de minha filha!

No mesmo instante arrependeu-se de ter dito isso, mas não podia voltar atrás, pois Wieland já se oferecera para ir buscar a pedra. O rei zombou da proposta de Wieland, pois não acreditou que fosse capaz de tal façanha. Regin, um dos mais fiéis homens do rei, que também tinha esperanças de casar-se com Batilde, riu-se de Wieland.

— Se ele conseguir isso, então o ferreiro Wieland deve ter aprendido a voar, e que eu saiba isto não faz parte do aprendizado dos ferreiros!

Wieland confiava em seu maravilhoso cavalo. Saltou para a sela e partiu, e de fato Cíntilo comprovou que era descendente do cavalo Sleipnir, pertencente ao próprio deus Wotan. Cavalgou com a rapidez do vento e em pouquíssimo tempo chegou ao castelo de Nidung. Wieland pegou a pedra e retornou com a mesma velocidade.

Mas pouco antes de chegar ao acampamento do rei teve de enfrentar um obstáculo. Regin, acompanhado de alguns guerreiros, interceptou-o e quis obrigá-lo a dar-lhe a pedra em troca de muito dinheiro. Mas Wieland apenas riu na cara do adversário, pois estava muito perto de conseguir o que tanto almejava.

Então Regin e seus guerreiros atacaram Wieland, mas este conhecia o manejo das armas tão bem como seu ofício de ferreiro, cortou a cabeça do traiçoeiro homem e mesmo assim ainda conseguiu chegar ao acampamento real horas antes do início da batalha.

O rei estava amargamente arrependido de ter prometido a mão de sua filha, e quando soube que Wieland havia matado

Regin percebeu que isso era um bom motivo para quebrar sua promessa.

— Assassino! — gritou para o atônito Wieland. — Você matou ardilosamente o meu mais fiel companheiro! Há de pagar por isso! Um assassino não terá a mão de minha filha! Que os céus me poupem essa desgraça! Suma-se daqui, homem, e nunca mais apareça na minha frente... — E continuou gritando e xingando Wieland, depois de guardar a sua pedra de sorte.

No começo Wieland ficou sem fala, atônito com o que ouvia, mas depois o ódio dominou-o e ele gritou:

— Cão miserável, isso é o que você é. Não honra a palavra dada! Que seus inimigos o façam em pedaços amanhã! Nunca mais você me verá!

Subiu para a sela de seu fiel cavalo e foi embora, cego de ódio, pois agora a realização de seu desejo parecia impossível.

Mas o anseio por aquela que usava o anel não cessava de atormentá-lo. Dias e noites vagava pelas florestas do país dos niaros, chegando até as longínquas fronteiras das terras vizinhas. Não conseguia pensar em outra coisa senão em Batilde, de tal maneira que seu juízo começou a ficar perturbado. Já não sabia sequer por onde cavalgava. Tramava planos para raptar Batilde à força, depois de matar Nidung e todos os nobres da corte, planos que ficavam só na fantasia, pois não tinha condições de levá-los adiante. Nem ao menos sabia como terminara a batalha e se Nidung ainda estava vivo. Batilde era cuidadosamente protegida e ele não passava de um homem solitário a quem ninguém ajudava.

Entrementes, os guerreiros de Nidung venceram a batalha, pois o exército inimigo não se mostrara tão forte como os mensageiros haviam informado e em pouco tempo foram obrigados a bater em retirada. Quando Nidung voltou, mandou seus homens percorrerem o país inteiro atrás de Wieland, pois no fundo temia o ferreiro.

Um dia Wieland chegou defronte de sua antiga forjaria e ali, tomado por grande tristeza e cansaço, entrou e deitou-se na sua antiga cama, esquecendo-se de apagar a tocha. Seu desânimo era tal que já nem se lembrava de tomar as menores precauções.

Os esbirros do rei encontraram-no, e mais de dez homens caíram sobre ele, amarraram-no com correntes e levaram-no à presença do rei. Desesperado, Wieland bradou-lhe:

— Mate-me, rei infame! Você nem merece ser chamado de rei! Peço-lhe que me mate, não quero mais viver.

— Nada disso! — sibilou o malvado rei. — Você continuará trabalhando para mim, como ferreiro é muito útil. Nunca mais fugirá daqui. — Havia imaginado uma vingança cruel pelos desaforos que Wieland lhe lançara em rosto.

O prisioneiro foi levado para uma ilha solitária perto da costa e ali cortaram-lhe os tendões dos pés para que não pudesse mais fugir. Assim mutilado, o ferreiro recebeu uma velha choupana como oficina e todas as ferramentas para realizar os trabalhos que o rei lhe ordenava. Mesmo Batilde ficou estarrecida com a crueldade de seu pai, e quando pensava no destino do ferreiro doía-lhe o coração, pois sabia que ele sofria daquela maneira por sua causa.

O rei tentou trazer para suas cavalariças o maravilhoso cavalo Cíntilo, mas não o conseguiu. O animal, que Wieland amarrara do lado de fora quando chegara à sua antiga forjaria, havia desaparecido. Soltara-se, fugira como um vendaval e nunca mais foi encontrado, apesar de buscas infindáveis. Alguns diziam ter ouvido seus altos relinchos como o som de mais de mil trombetas enquanto ele desaparecia com seus cascos trovejantes, outros diziam que ele se jogara na arrebentação junto à praia e imediatamente desaparecera no meio das ondas espumantes.

Wieland agora queria continuar vivo para vingar-se do cruel rei, e assim parecia haver aceitado sua triste sina, executando com muito escrúpulo os trabalhos que lhe eram solicitados. Primeiro construiu um par de muletas, pois quem sabe trabalhar com ferro também conhece a madeira, e desse modo conseguia locomover-se com bastante dificuldade. As dores atormentavam-no muito, mas suportou-as com galhardia. Queria viver para consumar sua vingança. Lentamente, as idéias começaram a brotar-lhe na cabeça e assim seu plano foi ganhando forma.

Uma vez, quando ainda morava com seus irmãos, conseguira fazer uns arames finíssimo, de tanto malhá-lo pacientemente num ferro. Eram tão finos quanto os fios de uma teia de aranha, e com eles Wieland construíra um ninho de passarinho que de tão perfeito iludiu um par de pássaros, que ali botaram seus ovos. Então Eigel, o arqueiro infalível, empunhou um arco e uma flecha e acertou de longe os três ovos que estavam no ninho. Com pena dos pássaros, Helferich, o médico, pegara os três ovos e juntara-os com uma pomada curativa de forma tão perfeita que já não se via um único arranhão nas cascas, e os pássaros continuaram chocando os ovos até os filhotes nascerem.

Wieland lembrou-se desse fato e então lhe veio uma idéia. Que aconteceria se forjasse uma infinidade de penas de finíssimo arame e depois construísse um par de asas? Pôs-se a trabalhar e em pouco tempo forjou a primeira pena. Na sua choupana não faltavam metais: restos enferrujados estavam jogados por todos os cantos, e ele transformou tudo em finíssimos fios de arame, martelando e limando todos os dias. Além disso executava os pedidos do rei para que ninguém suspeitasse de nada.

Assim trabalhou anos seguidos, pois uma obra como essa, que homem nenhum até então tivera coragem de realizar, precisava de tempo para ser feita. Naturalmente ele havia ouvido falar do lendário homem da antiga Grécia que construíra asas e voara, mas esse homem havia usado penas de pássaros colando-as com cera, e quando subiu às alturas e se aproximou do sol a cera se derreteu e ele despencou lamentavelmente,

espatifando-se no chão ou morrendo afogado no mar. Isso não aconteceria com Wieland.

Quando terminou as plumagens, escondeu-as debaixo de um monte de ferro-velho e assim chegou o dia de sua vingança. Vieram visitá-lo dois rapazinhos, filhos do rei. Queriam ver o trabalho de Wieland. Não lhe disseram quem eram, mas Wieland logo o descobriu. Eram tão curiosos quanto cobiçosos: queriam ver tudo e também levar muitas coisas, e Wieland, o coxo, não podia impedir que levassem o que quisessem. Os meninos também sabiam que na sua arca havia preciosidades, as quais o ferreiro deveria retrabalhar, mas não as mostrou aos meninos.

Então eles exigiram que Wieland fizesse pontas para suas flechas.

— Só posso fazer o que o rei me ordena — disse ele —, e também não posso mostrar-lhes nada, senão serei cruelmente castigado.

Eles responderam que o pai não precisava saber de nada, e então Wieland certificou-se de que eram filhos do rei.

— Se vocês são os príncipes — disse ele —, não lhes posso recusar um pedido, mas só o farei em segredo. Por isso voltem outro dia sem que ninguém saiba de nada, senão terei de pagar amargamente e aí não haverá nem jóias nem pontas de flechas.

Depois acrescentou:

— Se vocês vierem e não contarem nada a ninguém, vou mostrar-lhes algo que ninguém nunca viu.

E assim despertou a curiosidade dos meninos.

Eles prometeram vir e já na manhã seguinte, ao alvorecer, lá estavam de volta, sem que ninguém soubesse de nada. Wieland abriu a pesada tampa da grande arca de onde havia retirado todo o conteúdo, e quando eles se abaixaram para ver o interior, Wieland disse-lhes:

— Vocês têm de olhar mais de perto.

E foi o que fizeram.

Então o ferreiro deixou cair a pesada tampa sobre suas cabeças, esmagando-as.

No palácio real ouviram-se lamentos e prantos porque os dois meninos haviam desaparecido. Foram procurados nas florestas, na praia e nos rochedos, mas tudo foi inútil. Ninguém imaginava que pudessem estar mortos na ilha, dentro da arca do ferreiro.

Passaram-se meses. Wieland pegou suas plumagens, uniu e amarrou as penas com muita arte. Enquanto isso os corpos dos dois meninos foram apodrecendo, até restarem apenas os ossos. Tenebrosos pensamentos de vingança passavam pela cabeça do ferreiro.

Certo dia o rei Nidung recebeu uma delegação de convidados de um país vizinho que assinariam um tratado de paz. Ordenou a Wieland que fabricasse umas taças do material e do jeito que ele quisesse, mas deviam ser tão originais que nunca ninguém tivesse visto iguais. Queria vangloriar-se com a habilidade de seu ferreiro. Wieland transformou as ossadas dos meninos em taças e ornou-as artisticamente com ouro e âmbar. Eram realmente taças como iguais ninguém jamais vira. Wieland enviou-as ao rei e ele bebeu nelas juntamente com seus convidados, sem desconfiar de nada.

Pouco tempo depois Batilde deixou cair o anel no chão e o anel ficou trincado. Foi como se abrisse uma fenda em seu coração. Uma mágoa profunda e inexplicável apoderou-se dela.

Mandou, pois, uma criada com o anel até a ilha, onde Wieland deveria consertá-lo. Ninguém mais era capaz disso. Será que ela havia esquecido que o anel pertencia a Wieland e que lhe fora roubado? A criada voltou com o recado de que Batilde deveria ir buscá-lo pessoalmente, porque Wieland precisava experimentá-lo no seu dedo. Com o coração palpitante, o ferreiro começou o seu trabalho. O anel queimava-lhe os dedos.

Batilde veio. Estava trêmula de inquietação, pois o anel, que lhe dava poder, não estava no seu dedo. Olhou para o ferreiro, que havia envelhecido e estava à sua frente de muletas. Suas terríveis feridas estavam curadas, mas mesmo assim ele se locomovia com muita dificuldade. Olhou de alto a baixo a mulher a quem ainda continuava desejando.

— Então, dê-me o anel — disse Batilde.

— Aqui está — respondeu Wieland. — Olhe bem para ele. Você ousou conservá-lo em seu poder por muito tempo, mas ele é meu. De agora em diante sou eu quem vai usá-lo, e você vai sentir o que isso significa.

Ela olhou-o pálida e transtornada. Sentiu aumentarem as dores em seu coração. Wieland colocou o anel em seu dedo e a dor tornou-se mais aguda. Ela não sabia o que fazer nem o que falar. Lágrimas encheram-lhe os olhos e seu orgulho se abateu. Ela estendeu a mão a Wieland e pediu-lhe:

— Devolva-me o anel.

— Não, você tem que sentir o seu poder. O anel é meu. Vá e sinta o seu poder.

Ela correu para fora da choupana até a margem onde estava o bote com o servo que a havia trazido, e este pensou: "Por que será que ela está chorando, essa mulher tão orgulhosa?".

Exultante, Wieland voltou a trabalhar na sua estranha obra. Logo chegou o dia em que experimentou suas asas: primeiro subiu aos ares timidamente, mas depois ganhou coragem e voou à vontade, seguro de sua vitória. Agora estava liberto das algemas que seus pés coxos significavam para ele. Sentia-se mais livre e mais veloz do que os melhores corredores ou do que um garboso corcel. Voltou à oficina, reuniu as melhores pedras, colocou-as em saquinhos e amarrou-as em torno do corpo.

Faltava apenas completar sua vingança.

Pálida e abatida, Batilde perambulava pelo castelo de seu pai, no qual desde o desaparecimento dos meninos reinava a tristeza e o luto. Pensava no homem mutilado, no mágico ferreiro ao qual fora feita uma injustiça tão cruel e que agora era dono de seu coração. Tentou conversar com o pai sobre ele, primeiro timidamente, depois com insistência, perguntando se já não era tempo de tirá-lo da ilha e conceder-lhe sua antiga posição, como era justo e de direito, pois ele havia sido tratado com muita perversidade. Começou então a falar de injustiça e provocou a ira do rei.

Vieram também muitos pretendentes, mas ela rejeitou a todos. Isso fez com que o rei ficasse mais enraivecido e levou-o a suspeitar o que estava acontecendo com a filha. Então, decidiu mandar alguns servos até a ilha para matarem o ferreiro. Mas no dia em que deu essa infame ordem e dois servos armados embarcaram num bote, o rei ouviu chamarem seu nome do lado de fora do castelo.

Foi até a janela e espiou para fora, mas como a noite já havia descido não conseguiu ver ninguém. Será que se enganara? Estaria imaginando coisas? Foi deitar-se, mas não conseguiu dormir. Passado algum tempo, ouviu novamente seu nome sendo chamado do lado de fora. A lua aparecera atrás das nuvens e inundou a muralha e as ameias do castelo com sua luz prateada. De novo o rei ouviu o chamado:

— Rei Nidung, acorde!

— Quem está me chamando? — perguntou o rei, debruçando-se à janela. Então viu na ameia mais alta da muralha, bem diante de seu quarto, para lá do pátio do castelo, uma figura que se assemelhava a um imponente pássaro. O rei estremeceu, pois era como se fosse um mensageiro de outro mundo, um arauto da desgraça. O luar se derramava sobre a plumagem do pássaro, produzindo um cintilar metálico.

— Quem está me chamando? — perguntou Nidung novamente. — Quem está aí em cima? Um fantasma?

Sua voz tremia de medo.

— Ouça-me, rei traiçoeiro! Nem rei você merece ser chamado! Um homem que não mantém sua palavra! Infiel! Infame!

Estarrecido, o rei reconheceu Wieland nessas palavras.

— Como conseguiu chegar aí? — perguntou, recobrando coragem. — Se você é Wieland, o ferreiro, desça e venha falar comigo frente a frente. Por acaso você sabe voar?

— Sim — tornou Wieland —, e estou livre do seu poder: minha arte triunfou sobre ele! Ouça, pois, o que tenho a lhe dizer. Eu o amaldiçôo, homem desgraçado e indigno. Você me roubou, assaltou-me como um vil pirata. Prometeu a mão de sua filha e não honrou a palavra dada. Mutilou-me e me manteve preso como escravo. Tudo isso você fez comigo, e pensou que poderia continuar impune. Pois ouça bem como me vinguei de você. Eu matei seus dois filhos, fiz taças com suas ossadas e você bebeu nelas. Mas agora você também perdeu a sua filha. A dor da morte está em seu coração, pois ela me pertence, assim como o anel que você me roubou. Sua filha vai abandoná-lo e vagar pelo mundo até me encontrar. De nada adiantará você casá-la. E agora chame os seus besteiros e guerreiros para arremessarem os dardos e me alcançarem aqui nas alturas. Eu o amaldiçôo, rei infame!

Depois destas últimas palavras, Nidung saiu correndo, louco de raiva, e chamou os guardas, os besteiros e o arremessadores de dardos para derrubarem a figura que sobrepairava lá em cima, homem, pássaro ou fantasma, e o colocassem aos seus pés como uma presa de caça. Os soldados, apesar de tremerem de medo, atiraram contra o homem emplumado, mas este, batendo as poderosas asas metálicas, logo ficou fora do alcance das flechas e dos dardos. Ouvia-se apenas seu riso sardônico, mas dele mesmo não se via nem a sombra.

Batilde postou-se ao lado do pai. Seu rosto estava banhado de lágrimas, e, aflita, ela esquadrinhou o céu noturno. Muito tempo depois ainda ouviu a gargalhada que lhe cortava o coração. Desde esse momento o rei Nidung tornou-se um homem alquebrado.

Exultante, Wieland elevou-se nas alturas. Estava livre de toda trama, humilhação e desgraça. O que nenhum homem nunca conseguira fazer ele o realizou com sua arte e perícia. Voou sobre a terra e o mar. Deixou-se levar pelo pelos ares, aprendeu a reconhecer as correntes de ar, as fortes lufadas de vento, as calmarias e as tempestades e sabia como adaptar-se a elas. Pousou então sobre a beira de um rochedo junto ao mar, para descansar durante a noite. Ao alvorecer subiu novamente às alturas e, tal como as gaivotas, voou quase sem bater as asas, seguro da direção que o levaria de volta a sua terra.

Com que assombro seus irmãos, as mulheres e as crianças não receberam aquele que havia tanto tempo julgavam perdido! Não demorou muito e Helferich, o médico, devolveu aos maltrados pés de seu irmão, a poder de pomadas e ataduras, as forças que eles haviam perdido, de forma que Wieland logo começou a andar como antes. Já não era jovem, queria apenas paz e tranqüilidade. Nada mais o atraía para longe. Dedicou-se apenas ao seu ofício, a arte de forjar o ouro, a prata e o ferro. Muitas vezes pensava em Batilde, a quem tanto amara. Quando seus pensamentos eram tomados pela imagem dela, sentia uma doce lembrança, ora muito intensa, ora totalmente desvanecida.

Certo dia uma mulher que parecia muito fatigada surgiu no caminho que levava à casa de Wieland. Sua cabeça estava coberta e ela trazia uma trouxa debaixo do braço. Percebia-se que andara muito tempo e por ásperos caminhos. Aproximando-se, ela retirou o lenço da cabeça e Wieland reconheceu-a: era Batilde, a orgulhosa e inacessível filha do rei Nidung.

— Sou eu, Wieland — disse ela. — Não me reconhece? Vejo que ainda está usando o meu anel. Sei que é seu, mas ele também me pertence. Ele prende meu coração com algemas, como uma vez prendeu o seu, e assim nos prende um ao outro. Suplico-lhe, deixe-me usá-lo para que o seu coração volte para mim. Acredite, não é um desejo maldoso. Se o seu coração voltar para mim, serei sua para sempre.

Wieland olhou-a pensativo. Ficou muito comovido ao vê-la diante de si como uma pedinte. Ela continuou:

— Perdoe o que o meu pai lhe fez. Ele está morto e seu reino já não existe. Nossos inimigos nos atacaram e me levaram como prisioneira, mas consegui fugir. Por muito tempo vaguei pelo mundo, até chegar aqui. Faça de mim o que quiser, mate-me ou aceite-me ao seu lado e deixe-me servi-lo.

Exausta, ela deixou-se cair aos pés de Wieland. Confuso, ele ajoelhou-se ao lado dela e afastou-lhe da testa o desgrenhado cabelo. Percebeu então que ela havia envelhecido tal como ele, mas continuava bela. Enternecido com sua humildade e desamparo, trouxe-lhe um copo de vinho para ela fortalecer-se. Enquanto ela bebia, Wieland tirou o anel de seu dedo e colocou-o no dela. Sentiu que seu antigo amor não desaparecera. Também sentiu como a felicidade lhe inundava o coração. Tomou-a nos braços e levou-a para casa.

Desde então viveram felizes até o resto de seus dias. As asas que Wieland construíra enferrujaram-se, pois eram feitas de arame finíssimo, e não levaram mais ninguém pelos ares.

Walter e Hildegunda

Milhares de hunos, talvez uns cem mil, cavalgando os seus cavalos vindos dos desertos da Ásia, arrasaram todos os reinos que encontraram pela frente: a Pérsia, Bizâncio, o Cáucaso, a Ucrânia e por fim a Áustria, a Baviera, o reino dos francos e a Burgúndia. Nenhum exército conseguiu deter o avanço dos hunos, que lutavam como selvagens, desprezavam a morte e pareciam formar um único ser sobre seus pequenos e resistentes cavalos. Atiravam saraivadas de flechas certeiras, incendiavam cidades e vilarejos e destruíam os campos arados.

Demorou algum tempo para toda essa violência se abrandar. O rei dos hunos, Átila, instalou sua residência no lugar onde hoje é Viena e abriu sua corte, juntamente com sua esposa Helke, para receber os enviados dos reis e príncipes, que tremiam diante de sua força e lhe juravam vassalagem para não serem arrasados. Muitos soberanos tiveram de entregar reféns a Átila, rapazes e raparigas da nobreza, o que assegurava a fidelidade desses soberanos ao rei huno.

Quando a vanguarda das forças de Átila chegou às fronteiras dos reino dos burgúndios e dos francos, Gibbich, o rei dos burgúndios, reuniu-se em Worms com o comandante de suas tropas, Aldriano de Tronje. Aldriano aconselhou o rei a negociar a paz.

— Não temos condições de enfrentá-los, somos um contra cem. Ofereça-lhes um resgate.

Uma embaixada foi até Átila para perguntar-lhe o que ele queria para poupar a Burgúndia. Átila enviou a Worms quatro grandes sacos vazios e disse para encherem-nos de ouro até a boca. Além disso queria também um refém, o menino Hagen, filho do senhor de Tronje. Gibbich e Aldriano, rangendo os dentes, tiveram de cumprir a ordem: encheram de ouro os quatro sacos e mandaram-nos para Átila juntamente com o menino Hagen.

Os hunos continuaram avançando: chegaram ao reino dos francos e atingiram as fronteiras da Aquitânia. Os soberanos desses dois países também pediram paz e quiseram saber quais eram as exigências de Átila. Átila queria como reféns a filha do rei dos francos, Hildegunda, e o filho do rei da Aquitânia, Walter, além de muito ouro. Como nenhum dos dois reinos era suficientemente forte para oferecer resistência aos hunos, também Hildegunda e Walter foram para a corte de Átila. Houve muito choro e muita lágrima pela sina dos dois jovens, mas eles foram bem recebidos por Átila e nada de mal lhes aconteceu.

Os reinos foram poupados da guerra e o povo estava feliz com a paz. Passaram-se anos. A rainha Helke tomou a princesa Hildegunda sob os seus cuidados e tratava-a com muito afeto. A menina cresceu ao seu lado e atingiu a maioridade vivendo segundo a cultura e os costumes dos hunos. Não havia moça em todo o reino que a ela se comparasse em beleza e encanto. Hildegunda era íntima da rainha, que lhe entregou as chaves dos aposentos do palácio e lhe deu total liberdade. Mas não era feliz, pois sentia saudade de sua terra, do castelo onde passara a infância, e principalmente ansiava por estar com Walter, o jovem príncipe da Aquitânia, seu único consolo naquele país estrangeiro, com quem nunca conseguia ficar a sós.

Também Walter e Hagen eram tratados bem e com todas as honras. Eram superiores aos hunos em altura, força e no manejo das armas. Mas tudo o que ambos desejavam era escapar daquela prisão. Sabiam no entanto o que representava para seus reinos a fuga de reféns. Assim, viviam num mudo rancor. Hagen não tinha nenhum consolo, mas Walter sim, pois amava Hildegunda tanto quanto ela o amava, porém os dois nunca se encontravam.

Enquanto os anos se passavam, recrudesceu o poder guerreiro e a violência dos hunos. Apesar disso, tiveram de guerrear ao mesmo tempo contra Roma ao sul e contra os boêmios ao norte. Então Hagen achou que chegara o tão esperado momento da fuga e que a possibilidade de uma guerra contra a Burgúndia, sua terra natal, era remota. Começou a fazer planos junto com Walter, tentando convencer o amigo, pois ambos conheciam os caminhos e não encontrariam dificuldades. Mas Walter objetou:

— Não vou abandonar Hildegunda. Só fugirei se ela for conosco.

— Em três? — volveu Hagen aborrecido. — E ainda por cima uma mulher? Não vai dar certo. Ela sabe montar? Não, nem isso ela sabe, só servirá de estorvo. Os três seríamos recapturados e teríamos de pagar com a morte.

Walter permaneceu irredutível: não deixaria Hildegunda para trás. Então Hagen resolveu fugir sozinho. Era forte e corajoso e tinha armas. Atrelou, pois, um cavalo e saiu do castelo à noite em meio à neblina, conseguindo escapar aos seus perseguidores. Átila ficou muito magoado por Hagen ter pago daquele jeito o brando tratamento que recebera e resolveu ser mais severo com Walter, o outro prisioneiro. Mas Helke, sua mulher, dissuadiu-o disso.

— O fato de Walter não ter fugido é uma demonstração de sua lealdade. Você acha que ele não poderia ter fugido com Hagen? Não, eu conheço melhor esse jovem cavaleiro. Ele anseia por realizar grandes façanhas a seu serviço. Dê-lhe uma oportunidade para destacar-se e sua confiança será recompensada.

Ela nada sabia sobre o amor de Walter e Hildegunda, e nem lhe passava pela cabeça que os dois jovens poderiam estar sentindo saudades de casa.

— Você é esperta, Helke. Vou acatar o seu conselho — disse Átila, rindo.

Ordenou a Walter que seguisse para a guerra no comando de um grupo de cavaleiros. O jovem lutou como um leão e destacou-se dentre todos, pois não havia ninguém que o igualasse no manejo da espada — lutava com tanta bravura porque queria retornar o mais rápido possível para rever Hildegunda. A rainha Helke deu outro conselho a Átila:

— Dê a esse homem a filha de algum nobre deste reino para prendê-lo ainda mais aos seus serviços. Esta será a melhor recompensa para ele e você estará seguro de sua fidelidade.

Átila riu novamente e disse:

— Você é a mais esperta das mulheres. Vou acatar o seu conselho.

Pediu a Walter para escolher como esposa qualquer mulher nobre dos reinos conquistados. Walter assustou-se, pois percebeu que lhe estavam sendo colocadas novas amarras. Por isso não teve coragem de pronunciar o nome de Hildegunda. Ela não era filha de nenhum nobre dos reinos de Átila, mas apenas uma refém, tal como ele. Pediu tempo para pensar.

E assim se passaram semanas e meses. A rainha Helke adoeceu e veio a falecer. Hildegunda, com toda a certeza, perderia a posição privilegiada que tinha, mas ainda estava de posse de todas as chaves dos aposentos do castelo. Walter e Hildegunda conseguiam agora encontrar-se secretamente à noite, e num desses encontros Walter disse:

— Chegou a hora de fugirmos, se queremos ser livres e viver juntos. Não me interessa outra mulher, só quero você. Se o rei Átila souber disso, sua benevolência terá fim e também você, Hildegunda, não será mais a confidente de uma próxima rainha, mas apenas sua criada.

— Sim — disse ela tomada de contentamento —, mas precisamos escolher o momento certo. Deve ser na próxima festa por uma vitória, quando todos comem e bebem até se fartarem. Depois dormem profundamente, e esse é o momento da fuga. Escolha o melhor e o mais ligeiro cavalo, porque você tem livre acesso aos estábulos. Eu vou... — Mas não terminou. Deu uma risadinha e abraçou-o carinhosamente.

Chegou o dia em que os hunos, retornando de uma expedição militar, celebrariam a vitória com porções gigantescas de carne de carneiro e rios de cerveja e vinho. Antes disso, Walter conduziu para fora do estábulo o mais forte dos cavalos, com a desculpa de que precisava ser exercitado um pouco. Era um garanhão inconfundível, musculoso, grande e forte como um leão, Por isso recebera o nome de Leão. Todos os cavalos dos hunos eram pequenos e rijos, mas nenhum deles conseguiria levar duas pessoas. Leão faria isso sem dificuldade: carregaria até três ou quatro pessoas no seu largo lombo e nem sentiria o peso da carga. Walter conhecia bem o animal, pois já o havia montado várias vezes, e Leão obedecia apenas a ele. Nenhum huno gostava de montá-lo. Só o conservavam pelo pasmo que ele causava e por ser uma raridade.

Hildegunda também fez os preparativos da partida. Ao anoitecer, levou os quatro sacos cheios de ouro — que ainda estavam intocados — do quarto da rainha, um após o outro, e escondeu-os na floresta. Enquanto os hunos bebiam, comiam e berravam, muitos deles já derrubados pela bebedeira, Walter e Hildegunda encontraram-se no local combinado, uma encruzilhada da floresta. A moça admirou-se do tamanho do cavalo que deveria levar a ambos e Walter não se admirou menos quando viu os sacos de ouro que levariam para casa e que foram dependurados, dois de cada lado, na sela.

Então Walter montou, equipado, como se fosse para um combate, com armadura e armas, pois poderiam ocorrer lutas contra salteadores e outros inimigos. Hildegunda sentou-se à frente e os dois partiram a galope, sob o luar, por caminhos que ele conhecia. Mas logo tiveram que galopar por veredas desconhecidas para despistar os perseguidores, através de trilhas na floresta, locais cobertos de arbustos, campos e clareiras.

Cavalgaram dia e noite sem interrupção, e somente no terceiro dia resolveram parar e descansar.

Assim se consumou a bem-planejada fuga do território de Átila, o rei dos hunos, enquanto os perseguidores, que demoraram a se dar conta do desaparecimento dos dois, perdiam-se pelos caminhos, sem conseguir encontrá-los. O maravilhoso Leão levava os dois no lombo sem mostrar cansaço. Cavalgaram como num sonho em direção à liberdade. Após semanas alcançaram as florestas dos Vosges. Ali o destino reservara-lhes um encontro insidioso.

Os boatos correm mais rápidos do que fugitivos e perseguidores. A notícia de que o jovem cavaleiro Walter da Aquitânia e a princesa franca Hildegunda, ambos reféns na corte de Átila, haviam conseguido escapar sem ter sido alcançados pelos hunos espalhou-se mais rápido que o trotar do corcel Leão com sua pesada carga, pois os fugitivos tinham de buscar desvios e esconderijos para passar a noite. Todos tinham certeza do sucesso da fuga, mas também estavam tensos e preocupados com a possibilidade de as hordas hunas desfecharem repentinamente um ataque vingativo contra a Aquitânia e o reino dos francos. Por outro lado, também achavam tal fato pouco viável porque, havia já algum tempo, a ofensiva das hordas hunas se enfraquecera e eles se encontravam divididos empenhados em inúmeras pequenas guerras.

Já a fuga de Hagen ficara sem vingança, não se sabia por quê. Átila devia saber que Hagen de Tronje vivia na corte burgúndia em Worms, onde estava ligado ao filho mais velho do rei Gibbich, Gunther, não só pelo juramento de vassalagem mas também por parentesco e companheirismo. O rei Gibbich já estava velho e fraco da cabeça, e logo Gunther seria rei. Esperava apenas a morte do velho. Enquanto isso, impaciente e cheio de energia, entregava-se com cobiça a aventuras, assaltos e brigas, junto com seus companheiros, todos jovens cavaleiros, prontos para o que desse e viesse nas caçadas, pândegas ou pelejas.

É importante saber disso para entender o que aconteceu.

Foi um barqueiro que espalhou a notícia de que Walter e Hildegunda haviam atravessado o rio Reno e seguiam em direção às florestas dos Vosges. Uma outra notícia, divulgada não se sabe por quem, dizia que eles estavam levando quatro sacos cheios de ouro. Com toda a certeza eram os mesmos quatro sacos que os burgúndios pagaram a Átila para serem poupados do flagelo da guerra.

Quando Gunther soube disso, um desejo ávido lampejou em seu coração, foi crescendo e por fim apoderou-se totalmente dele. Chamou, pois, Hagen e disse-lhe:

— O ouro que o homem está levando consigo na verdade nos pertence.

— Como assim? Ele conseguiu esse ouro com seu próprio esforço.

— Quatro sacos abarrotados de ouro — continuou Gunther — foram exatamente o que pagamos àqueles bárbaros para que poupassem o nosso reino. E você deveria saber disso melhor que ninguém, pois foi entregue aos hunos juntamente com o ouro.

— Walter não vai deixar que levemos o seu saque — retrucou Hagen. — Ele sabe manejar a espada como ninguém, todo mundo sabe disso.

Gunther atiçou o companheiro:

— Por acaso você está com medo? Tio Hagen está com medo. — Dizia "tio" porque Hagen era alguns anos mais velho. — Seu pai também era um coelho medroso.

Num ímpeto de cólera, Hagen partiu a mesa ao meio com sua espada e gritou:

— Em primeiro lugar, era você e não a mesa que eu devia ter partido ao meio, seu pateta; em segundo lugar, você está é atrás da moça!

E estava certo. Havia percebido que Gunther estava tão interessado no ouro quanto na moça, cuja beleza era decantada por todos. Gunther sabia como amansar Hagen, e em pouco tempo este concordou em participar da aventura.

Gunther escolheu entre seus companheiros aqueles que sentiam prazer nessa façanha. Eram eles: Ortwin de Metz e seu sobrinho Skaramund, Weinhart de Santen, Eckefried, o saxão, Hadwart, o franco, e os sobrinhos de Hagen, Patafried e Helmut — sete ao todo. Com Gunther e Hagen, foram nove os que seguiram para lutar contra Walter da Aquitânia com o fito de saqueá-lo, levar o ouro e se possível também a moça.

Os caminhos que os fugitivos seguiam montados no grande cavalo já eram conhecidos de todos, pois eram transmitidos de boca a boca pelos habitantes da floresta do Vosges, das fazendolas e dos vilarejos, de forma que os nove homens só precisavam orientar-se por aquilo que ouviam. Por fim foram encontrá-los numa colina, onde havia uma caverna na qual Walter e Hildegunda pernoitaram.

Após a noite silenciosa e enluarada em que os dois dormiram docemente para descansar os corpos exauridos por um dia inteiro de cavalgada, e depois que os primeiros raios do sol iluminaram a entrada da caverna, ouviu-se o tropel dos cascos dos cavalos aproximando-se cada vez mais. Hildegunda gritou assustada:

— São os hunos. Conseguiram nos alcançar!

Walter colocou a armadura e o capacete e com a arma em punho saiu da caverna. Entre os troncos e arbustos vislumbrou as armaduras dos cavaleiros que cintilavam ao sol e acalmou sua companheira:

— Não sãos os hunos. Sei disso por causa do cintilar das armaduras e também pelo tropel dos cavalos. Os hunos não cavalgam assim.

Depois de certo tempo respirou aliviado e acrescentou:

— São cavaleiros francos ou burgúndios. Não precisamos temê-los.

Hildegunda porém continuou com medo e pediu a Walter para entrar na caverna e deixar os cavaleiros passarem sem que os vissem. Mas então Walter reconheceu Hagen, o velho companheiro da corte de Átila, e exclamou:

— São burgúndios! Estou vendo Hagen de Tronje. Ele não pode ter más intenções, e por que as teria? Mesmo assim não irei sozinho ao encontro deles. Fique no fundo da caverna até eu chamá-la.

Postou-se à entrada da caverna apoiado em sua espada. Dali os recém-chegados o veriam. Rapidamente o grupo foi-se aproximando. Quando Hagen viu seu amigo Walter, deu um sinal para todos pararem e disse a Gunther:

— Walter da Aquitânia é um grande herói, todo mundo sabe disso. Nenhum combatente até hoje conseguiu resistir à sua espada. Por isso aconselho-o a mandar um mensageiro perguntar o nome dele, de onde veio, para onde vai e o que pretende fazer com o ouro. Talvez ele entregue uma parte de livre vontade. Acho que não precisamos chegar a um combate mortal.

Gunther mandou Ortwin falar com Walter. Ortwin cavalgou até perto deste e começou a interrogá-lo. Em vez de responder, Walter perguntou:

— Quem o mandou fazer perguntas, seu gorducho?

Ortwin era realmente um pouco obeso e Walter estava irritado com aquele interrogatório.

O pescoço de Ortwin inchou como sempre acontecia quando ficava com raiva, mas ele controlou-se e disse:

— O príncipe Gunther da Burgúndia mandou-me interrogá-lo. O senhor deve responder-me quem é e o que faz aqui.

— Isso não é nenhum segredo — disse Walter com ar petulante. — Eu sou Walter da Aquitânia. Além disso, não tenho que dar satisfações, exceto se esta caverna pertencer ao reino da Burgúndia. Nesse caso peço livre passagem e um salvo-conduto. Nada tenho contra vocês.

Ortwin voltou ao seu grupo, que ficara parado aos pés da colina, e apresentou o seu relatório. Gunther mandou-o de volta para perguntar a Walter quem era a senhora que o acompanhava e de quem era o ouro que carregava.

— A senhora é Hildegunda, uma princesa do reino dos francos, minha noiva, e se o senhor e os outros cavaleiros desejarem ser apresentados a ela, então venham sem armas e sem capacete. Quanto ao ouro, só posso dizer que é meu e que não foi roubado.

De novo Ortwin voltou e apresentou o seu relatório. E mais uma vez teve de subir com outra mensagem:

— Entregue a senhora e o ouro e terá o salvo-conduto.

Ortwin não passou o recado dessa maneira: sua fala foi muito mais longa e cheia de rodeios.

— Eu não fiz nada a vocês e nem os ofendi — respondeu Walter, extremamente irritado. — Mas vocês me ofendem. Entregar a senhora? Estão malucos? Mas se insistirem neste saque, entrego um saco de ouro e vocês me deixam o caminho livre. Senão, sumam-se daqui!

A essas palavras Ortwin perdeu o controle, pois desde o momento em que Walter o chamara de gorducho buscava conter-se com esforço, e arremessou a lança contra o adversário. Ágil, Walter desviou-se, a lança atingiu a rocha e a ponta vergou. Walter desembainhou a espada e avançou contra o gorducho, que após um curto combate foi ao chão. Ortwin, atingido pela espada no capacete, ficou ali como morto, atordoado com a violenta pancada: só mais tarde descobriram que ele havia apenas desmaiado e nem ao menos estava ferido.

Então o vencedor daquele curto embate, que logo se tornaria uma luta terrível e sangrenta, olhou para os burgúndios que se achavam lá embaixo, viu Hagen sentar-se sobre uma pedra e dar de ombros, como se estivesse dizendo: "Não falei?". Ele havia desaprovado desde o início a aventura. Mas aí o jovem Skaramund, sobrinho de Ortwin, que se julgava capaz de tudo, inclusive de enfrentar o mais forte dos guerreiros, subiu correndo a colina com a espada em punho e avançou contra Walter para vingar o tio. Na pressa, esqueceu-se de afivelar o capacete, perdendo-o após alguns golpes, o que lhe acarretou a morte. A lâmina de Walter atingiu-o no meio da cabeça e penetrou fundo até o queixo. Ele caiu sobre o seu tio, que continuava desmaiado e que ficou todo banhado de sangue.

As coisas começavam a ficar mais sérias. Gunther aconselhou-se com seus companheiros. O grupo deu a volta na colina e cavalgou por uma trilha até bem perto da caverna. Havia ali uma clareira, ideal como arena de combate. Então eles desafiaram Walter para um duelo. O sangue subiu à cabeça de todos, mas como eram filhos de nobres, embora fossem esquentados, arruaceiros e aventureiros, respeitavam as tradicionais e irrevogáveis regras de cavalaria. Assim não avançaram todos contra um, mas um de cada vez iria lutar a cavalo contra o oponente. Walter também montou seu cavalo e já esperava o primeiro combatente.

O primeiro foi Werinhart de Santen, que se vangloriava de sua força. Mas Walter também estava furioso e alterado. Antes ele ainda rira do gorducho Ortwin, mas agora o sangue subira-lhe à cabeça e ele lutava como um leão. Atingiu com tanta força o oponente no pescoço que a charneira da armadura cedeu e ele caiu morto.

Depois chegou a vez de Eckefried, o saxão, que lutou corajosamente, mas não conseguiu defender-se dos golpes de Walter. Sua armadura não era das melhores, ele caiu do cavalo, esticou as pernas e ficou ali morto.

Os burgúndios olharam para aquilo espantados, arrepiados, mas já não podiam voltar atrás. O mais forte de todos era Hadwart, o franco, forte como um touro, mas não era um bom combatente. Não conseguiu resistir por muito tempo aos golpes de Walter, que lhe fendeu o capacete e rachou-lhe a cabeça. Apesar de já estar morto, ainda ficou ali de pernas abertas durante algum tempo e por fim, virando-se, caiu ao chão.

A aventura transformou-se num sangrento campo de batalha, e ainda estava longe o fim do retinir das armas e dos golpes mortais. Pois Patafried, o sobrinho de Hagen, famoso por sua beleza, amava e admirava o guerreiro Hadwart como a um irmão mais velho. Preparou-se, pois, para vingar o amigo. Hagen tentou dissuadi-lo dessa idéia.

— Não faça isso, rapaz! Está correndo para a morte. O homem é de ferro, você não está a altura dele. Pela sua mãe, não lute com ele!

Este último apelo deixou o rapaz fora de si.

— O que minha mãe tem a ver com isso? E se você acha que não estou à altura dele, vou lhe mostrar!

Ele sabia lutar bem com a espada, mas não era o mais forte, e o duelo que se seguiu foi o mais curto de todos. Após alguns golpes, o irresponsável mancebo caía morto por terra, e mais sangue inundou o chão da floresta.

Perto dali, junto ao cavalo em que se agarrava transida de medo por seu amado, Hildegunda assistia a tudo. Ao ver, porém, que ninguém conseguia derrotá-lo, ficou jubilosa. Respirando fundo, Walter olhou para seus dois últimos oponentes, Hagen e Gunther, que estavam indecisos. Voltou-lhes as costas e foi em direção à Hildegunda, que o fitava com os olhos brilhantes de admiração, e disse-lhe:

— Eles não vão nos importunar mais. Arrume tudo e vamos embora, então veremos o que ainda pretendem fazer.

Colocou Hildegunda na sela e deixou seu belo animal trotar calmamente, sem dar um único olhar aos burgúndios. Apenas Hildegunda olhava para trás, e passado algum tempo ela disse:

— Eles estão nos seguindo.

Segundo as regras da cavalaria, Gunther e Hagen não poderiam fugir do último combate e também não poderiam apresentar-se em casa com as mãos vazias e todos aqueles mortos.

Hagen lembrou-se de um sonho que tivera alguns dias antes. Um urso atacara-o e batera com a pata no seu rosto com tanta força que ele perdera um olho e vários dentes. Então cuspiu os dentes e viu o urso deitado a seus pés. Sentiu

tanta raiva que acordou. Algumas vezes Hagen de Tronje sonhava coisas terríveis que depois se realizavam.

— O homem é de ferro e forte como um urso — disse Gunther. — Mas demos nossa palavra de que retornaríamos com o dinheiro dos hunos, pois afinal ele é nosso.

— Agora chegou a minha vez de combater — disse Hagen. — Sei que sou o único que tem condições de vencê-lo.

— Precisamos atacá-lo juntos — sugeriu Gunther. — Só assim conseguiremos suplantá-lo.

— Não, isso é contra todas as regras da cavalaria, e além disso uma covardia — retorquiu Hagen.

— Ninguém vai saber.

— A princesa Hildegunda verá tudo, e todos ficarão sabendo da nossa desonra. Não gosto disso.

— É verdade — assentiu Gunther.

— Ao ataque — gritou Hagen. Montaram nos cavalos e cavalgaram atrás de Walter e Hildegunda.

— O melhor espólio não é o ouro — disse Gunther —, mas a nobre e bela senhorita que Walter leva na sua sela.

Hagen não disse nada; fez apenas uma careta, pois não gostava de mulheres.

Pouco depois alcançaram Walter e gritaram-lhe para preparar-se para um novo duelo. Walter deixou Hildegunda deslizar do cavalo, virou-se para os seus perseguidores e disse-lhes sombrio:

— Já não foi derramado sangue demais? Voltem para casa e digam que ninguém conseguiu vencer Walter da Aquitânia!

— É o que vamos ver — retrucou Hagen. — Prepare-se para o mais duro combate de sua vida.

Apeou do cavalo e Walter fez o mesmo, pois o chão desigual e cheio de folhas e galhos da floresta não permitia que lutassem como num torneio.

— Não gosto disso — disse Hagen. — Nós fomos amigos e companheiros na corte dos hunos. Mas você traiu a nossa amizade ao se negar a fugir comigo, tudo por causa de uma mulher.

— Chega de falatório! — bradou Walter. E desembainhou a espada.

— Espere — gritou Gunther. — Tenho uma proposta a lhe fazer. Dê-nos o ouro, pois ele nos pertence; foi com ele que pagamos os hunos. Depois vocês podem ir embora em paz.

— Nada disso — Walter reagiu com raiva. — Eu lhe jogo um punhado do ouro para saciar sua cobiça, se você é tão pobre assim e precisa de tocaiar viajantes. Mas apenas um punhado.

Tal ofensa foi demais para os dois homens, que atacaram ao mesmo tempo com suas espadas em punho. Começou então um terrível combate. Mas Hagen e Gunther estavam com a consciência pesada por ser uma luta desleal, e assim o ânimo deles estava combalido. Batiam com a espada sem convicção e não conseguiam impor-se ao oponente. As espadas cruzavam-se sem parar, mas de repente, sem que nenhum dos três percebesse como a coisa aconteceu, Gunther recebeu um golpe nas coxas e caiu de joelhos, enquanto Hagen era atingido na viseira por um golpe tão forte que perdeu um olho e vários dentes lhe caíram da boca, tal como havia sonhado, e ao mesmo tempo uma mão de Walter foi decepada, sem que se pudesse saber se o golpe havia sido de Hagen ou de Gunther.

Exaustos e tomados pela dor, os três sentaram-se no chão, respirando com dificuldade e tocando em suas terríveis feridas. Hildegunda chegou correndo e cortou o vestido em tiras, chorando e censurando a todos. Primeiro pensou as feridas de seu amado, depois as dos outros. Em seguida pegou na sela um recipiente com vinho e copos e ofereceu-o primeiro ao amado, mas este disse:

— Ofereça o vinho primeiro a Hagen, meu velho amigo, pois suas feridas são piores que as minhas, e depois deixe Gunther, o príncipe da Burgúndia, beber, porque eles me enfrentaram numa luta de cavaleiros, e só depois me dê a bebida.

Então iniciou-se uma discussão amigável, porque Hagen e Gunther não queriam ser os primeiros e Walter insistia em que o fossem. Hildegunda decidiu a questão: ordenou a Walter que bebesse primeiro e assim aconteceu. Depois foi a vez de Hagen e Gunther. Os três ficaram ali sentados juntos ao outro, comentando o combate e selando sua amizade.

— Ouça o meu conselho — disse Hagen. — Quando você chegar à sua casa, mande fazer uma luva do couro de um veado recém-abatido, coloque-a bem esticada e firme e assim ninguém vai perceber o seu defeito. Você não vai poder mais segurar sua espada com a mão direita, mas com a esquerda será tão forte como outro qualquer. Os trovadores cantarão os feitos que você realizará com tua mão esquerda. Tenho certeza disso.

— Você será chamado de caolho, aquele que vê mais com um olho do que com dois. Vai igualar-se a Wotan, o pai dos deuses, que também só tem um olho, como todos sabem.

E assim conversaram enquanto descansavam. Depois caíram no sono por força da fadiga que os dominava. Apenas Walter tinha um travesseiro macio, pois sua cabeça pousava sobre o colo de Hildegunda. No final da manhã os três se despediram e cada qual voltou para casa.

Na Aquitânia, Walter casou-se com Hildegunda, tornou-se rei e governou o seu povo por trinta anos, sem que os hunos tivessem coragem de atacá-lo.

As histórias de Dietrich de Berna

As primeiras façanhas de Dietrich

Amelung, o rei dos godos, arrasou o antigo Império romano e estendeu seus domínios sobre toda a Itália. Ao morrer, seus três filhos dividiram a herança: Ermanarico, o mais velho, tornou-se imperador de Roma, Dietmar recebeu a Lombardia e Harlung estabeleceu seu território em Breisach, junto ao rio Reno. Dietrich era filho de Dietmar, e depois que se tornou famoso como herói passou a ser conhecido como Dietrich de Berna, porque morava em Verona, que os godos chamavam de Berna.

Era alto e de semblante nobre, tinha uma força quase sobre-humana. Nas lutas de espada, ninguém o superava. Participou de muitos combates e sempre triunfou, saiu-se bem em incontáveis aventuras, ajudava os pobres, amparava os injustiçados e sabia equilibrar a bondade com o rigor. Conquistava amigos que lhe serviam com dedicação e sem inveja, formando um círculo estreito de parceiros de armas que ele chamava de companheiros. Em torno de Dietrich e dos seus companheiros criaram-se muitas lendas e histórias.

Hildebrando era o melhor e mais velho desses companheiros. Foi seu preceptor e era mestre-de-armas na sua corte. Fazia muito tempo que eram amigos insuperáveis, e as façanhas dos dois heróis eram cantadas pelos trovadores em todas as cortes. Hildebrando e Dietrich eram como gêmeos, e juntos passaram pela maior parte de suas aventuras. Hildebrando não era um vassalo: tinha seu próprio castelo no lago de Garda, onde vivia com sua mulher Ute. Mas durante a maior parte de sua vida ele cavalgou e lutou a serviço de seu rei, movido por insaciável sede de façanhas.

Na época em que o jovem Dietrich ainda não se tornara rei, mas já era tão alto e tão forte que ninguém o desafiava na espada e na lança, soube que mais ao norte, nas florestas selvagens das montanhas, vivia o perverso e iracundo gigante Grim. Grim tocaiava viajantes, atacava-os de surpresa, matava-os com sua clava e depois roubava o que traziam.

O jovem herói julgou ter chegado a hora de comprovar sua habilidade nas armas numa aventura e num combate mais sério.

— Venha comigo — disse ele a Hildebrando. — Temos que dar um jeito naquele monstro e pôr termo a esses atos tenebrosos. Chegou a hora de o reino livrar-se dele.

O velho ficou muito satisfeito e, como é hábito entre os velhos, cofiou a barba e depois retrucou:

— Está bem, está bem, que assim seja. Mas será que você também sabe, Dietrich, que o horrendo Grim tem uma mulher que é mais horrenda e violenta do que ele e que teremos de matá-la também? Isso é mais difícil do que você imagina.

Disse isso num tom bem manhoso, só para instigar no jovem o desejo de aventuras.

— Uma mulher Grim, pior que ele? — perguntou Dietrich, incrédulo. — E isso é difícil? Não me faça rir! Então o combate nos dará um dupla alegria. Vamos, deixe-nos partir.

Durante a viagem discutiram qual dos dois combateria o gigante Grim e quem ficaria com a mulher, mas não chegaram a um acordo, pois de um lado achavam vergonhoso lutar com uma mulher mas, de outro, essa mulher, segundo se dizia, era mais forte do que o homem.

No meio do caminho encontraram um gnomo, que saiu correndo no meio dos arbustos quando os viu. Os dois guerreiros alcançaram-no e acalmaram-no:

— Não vamos fazer nada! Diga apenas qual o caminho que conduz à caverna do gigante Grim e de sua mulher. Nós vamos matá-los.

— Então tenham cautela com a mulher Grim, nobres senhores, que aliás tem um nome como o de qualquer outra mulher: chama-se Hilda. Se Grim tem a força de doze homens, então, calculando por cima, ela tem o dobro da força dele, e se vocês dois pretendem matá-los, ouçam o meu conselho.

— E este seria? — os dois perguntaram.

— Antes de tudo peguem a espada dele, que está logo na entrada, enquanto ele estiver dormindo ou comendo. Ele deixa sempre a espada na entrada para tê-la sempre à mão. É tão tolo, e os gigantes geralmente o são, que não sabe que ali é o pior lugar onde poderia deixá-la.

— Que é que eu vou fazer com a espada dele? — perguntou Dietrich. — Eu já tenho uma.

— Aquela é uma espada especial — disse o duende. — Foi forjada pelo artista Mime, e Grim roubou-a. É melhor do que todas as outras. Chama-se Nagelring, e com toda a certeza será o melhor espólio que encontrarão ali. Além da espada, há na caverna de Grim apenas tranqueiras e ossadas humanas.

— Não estou interessado em espólios — retrucou Dietrich. — Só quero acabar com o monstro.

— É isso o que eu quero também — apressou-se em responder o gnomo. — Mas como poderia fazê-lo? Eu o odeio: ele matou o meu irmão, pisoteando-o. Se vocês estiverem de acordo, vou na frente, entro na caverna e pego a espada.

— Por mim... — anuiu Dietrich. E seguiram o pequeno homem por trilhas fechadas na mata, mas antes tiveram que deixar amarrados os seus cavalos. Por fim o gnomo parou, levou o indicador aos lábios e pediu aos dois heróis que esperassem por ele. Algum tempo depois voltou, arrastando a muito custo uma espada que mal conseguia carregar por ser pesada demais para ele.

Dietrich desembainhou a espada e logo percebeu que era um excelente trabalho artístico do ferreiro Mime, o mesmo que ensinara a Siegfried a arte da forjaria. Ficou muito contente, esquecendo-se até de que não estava interessado em espólios.

Chegando à entrada da caverna, logo avistaram o disforme, grosseiro e gordo gigante, enfiado na pele de um urso, sentado junto ao fogo e assando um javali. Quando ouviu um barulho na entrada da caverna, pensou que fosse a sua mulher e gritou:

— É você que está trazendo as verduras? Venha logo, meu estômago está roncando!

Dietrich e Hildebrando entraram na caverna.

— Suas entranhas vão roncar ainda mais — bradou Dietrich. — Alerta, velho!

Grim percebeu que eram inimigos, levantou-se com um urro e correu a pegar sua espada. Mas ela estava na mão do cavaleiro que lhe barrava o caminho. Apanhou então uma acha incandescente da fogueira e arremessou-a contra o agressor, mas errou o alvo. Valendo-se de um tronco do tamanho de um homem, o gigante avançou contra o oponente, mas antes que pudesse atacá-lo Dietrich rachou-lhe a cabeça ao meio.

Hildebrando, que estava atrás de Dietrich, foi pego por trás, arremessado violentamente ao chão e seu pescoço foi apertado por mãos ossudas como se fossem um torniquete. Soltou apenas uns gemidos, olhando para o horrendo rosto da mulher gigante, que diziam ser duas vezes mais forte que Grim e que, enquanto o estrangulava, respingava a saliva asquerosa de sua bocarra sobre o rosto do herói.

Então Dietrich golpeou a nuca da monstruosa criatura com a espada Nagelring. Fê-lo com tamanha violência que a cabeça ficou balançando e ele teve de golpeá-la mais três vezes até separá-la do corpo. O combate terminara. Hildebrando levantou-se, respirando fundo.

— Quase que dá tudo errado — conseguiu enfim dizer —, mas você realizou um trabalho perfeito. Sua primeira façanha!

— Não foi um trabalho perfeito — disse Dietrich pensativo. — Não foi um combate leal. Ele não tinha como defender-se, porque peguei a espada dele, e essa monstruosa mulher, matei-a pelas costas. Espero realizar façanhas melhores, juro-o.

Em seguida regressaram a Berna. A notícia de que haviam exterminado o casal de gigantes chegou à cidade antes deles. Em casa, o rei Dietmar colocou a coroa na cabeça do filho e disse-lhe:

— Chegou a hora de você usá-la.

E doravante ele passou a chamar-se Dietrich, rei de Berna.

Alguns anos mais tarde, Dietrich teve que lutar contra dois outros gigantes. Chamavam-se Ecke e Fasold, e eram irmãos. Não eram exatamente gigantes, mas homens de grandíssima estatura. Viviam na floresta, eram fortes, selvagens e também ladrões e assassinos. Por isso todos os temiam. Tornaram as montanhas da Toscana tão inseguras que ninguém mais tinha coragem de viajar por ali. Usavam espadas, mas não eram cavaleiros, e até então ninguém conseguira vencê-los. Matavam sem piedade quem quer que se colocasse no seu caminho. Um deles, Ecke, teve a ousadia de pedir em casamento uma mulher de sangue real, que lhe prometeu ser sua se ele vencesse Dietrich de Berna num combate.

Dietrich, quando soube disso, partiu ao encontro dos gigantes, dessa vez sozinho, pois não havia ninguém para acompanhá-lo. Conta-se que travaram um duro combate e que ele conseguiu vencer, mas saiu muito ferido. Também dessa vez ele teve como espólio uma espada, a de Ecke, que era também muito notável.

Heime, Wittich e Dietleib

Não é fácil enumerar todos os que cavaleiros foram companheiros de armas de Dietrich, e nem todos ficaram famosos, mas todos foram guerreiros valentes e amigos fiéis, sempre prontos a servi-lo. Nem todos sobreviveram aos combates, muitos tombaram nos campos de batalha ou, de tão feridos, foram obrigados a abandonar as armas, outros ainda foram dominados pelo amor, casaram-se e desligaram-se da obrigação de servir ao rei. De quando em quando havia alguns que se desentendiam e tornavam-se inimigos ou também se reconciliavam — e é isso que se conta de Heime e Wittich. Díspares e variados são os relatos sobre os feitos de seus companheiros, mas sempre o nome de Dietrich de Berna brilha mais alto acima de todos.

Os cavaleiros mais famosos e que permaneceram por mais tempo junto ao rei foram: Hildebrando, Heime, Wittich, Dietleib e Wildeber.

Ao norte dos Alpes, no reino da Suábia, vivia numa fazenda o camponês Studa, famoso criador de cavalos de raça. Tinha um filho a quem muito amava e que também o preocupava muito. Heime, assim se chamava ele, não se interessava pela fazenda nem pelo trabalho do campo. Não era muito alto, mas tinha o corpo compacto e uma força fora do comum. Era capaz de espremer o galho de uma bétula com as mãos até aparecer a seiva. Seus olhos, cabelos e barba eram negros e seu peito e braços peludos. Era uma pessoa fechada, de pouco riso e irritadiça.

Na realidade ele chamava Studa, tal como o pai, mas não gostava desse nome. Um dragão que vivia numa caverna na Floresta Negra era chamado de Heime, e os meninos, por troça, resolveram chamar o filho de Studa de Heime por causa de sua incrível força. Ele gostou do nome e resolveu adotá-lo. Achava também que a imagem de força e violência de um dragão cuspidor de fogo ajustava-se a ele.

Mas o pai preocupava-se, pois se o filho não queria levar adiante a fazenda, que zelasse ao menos pela sua criação de cavalos. Porém o rapaz cuidava apenas de seu garanhão Rispe. Ele só tinha olhos para lutas e aventuras, e certo dia disse ao pai:

— A fama de Dietrich de Berna, rei dos godos, não me sai da cabeça. Vou desafiá-lo para um duelo.

— Não faça isso! — gritou-lhe o pai, assustado. — Você não voltará com vida. O que quer com isso? Aqui você tem tudo o que precisa, comida, um bom trabalho...

O velho continuou falando, mas para ouvidos moucos. Heime arreou seu garanhão Rispe e partiu, assim como estava, sem nenhuma arma, exceto sua espada. Também não trazia armadura e escudo, usando apenas um grosseiro gibão de couro. Afinal não era um cavaleiro, mas sua incrível força levava-o avante e supria tudo o que lhe faltava. Sobre a cabeça colocou uma espécie de capacete sem viseira, toda enferrujada, que pertencera ao seu avô.

E lá se foi ele. Atravessando as montanhas, que o levaram para o sul, lutou contra alguns lobos e javalis e também contra salteadores, conseguiu superar todos os obstáculos e por fim chegou a Berna. Aproximando-se do palácio real, nem deu atenção aos guardas do portão. Empurrou-os, entrou no salão e colocou-se de pernas abertas diante do rei. Antes mesmo que alguém tivesse tempo de perguntar-lhe o que queria, disse sem mais rodeios:

— O meu nome é Heime. Sou filho do fazendeiro Studa da Suábia. Eu desafio-o para um duelo, rei Dietrich.

Muitos, que ali estavam em torno do rei, riram e outros franziram o cenho, prontos a pegar em armas. Depois todos começaram a falar ao mesmo tempo. Dietrich pediu silêncio e disse:

— Esse homem é um camponês, e por que um camponês há de ter menos honra que um cavaleiro? Eu o prezo, pois sei quem é o pai dele, um criador de garanhões tão famoso quanto qualquer um dos senhores da minha corte, que vivem em imponentes castelos. Esse homem deve ter direito ao combate, e se ele me vencer deverá ser um cavaleiro. Aceito o desafio. Diga-me, senhor Heime, como deseja lutar comigo?

— A cavalo e de acordo com as regras do torneio, se isso lhe agrada — respondeu Heime. Na realidade ele nem sabia que regras eram essas.

— Mas você não tem sequer uma lança! — exclamou um dos circundantes.

— Então dê-me uma — foi a resposta de Heime.

Deram-lhe, pois, uma lança e todos os que ali estavam dirigiram-se para a arena de torneios. Mestre Hildebrando marcou a posição dos oponentes e eles se prepararam. Então, percebendo que Heime também não usava armadura, mas apenas um gibão de couro, Dietrich disse-lhe:

— Seu gibão de couro não vai agüentar o ataque da lança. — Ordenou que se desse um escudo a Heime, mas este não sabia como usá-lo e o rejeitou.

— Deixe estar, meu gibão é tão resistente quanto a sua armadura.

Tratava-se com certeza de um homem tolo, e para Dietrich era evidente que não podia acertá-lo no peito, estando ele próprio protegido pela armadura. Por isso, no primeiro embate apenas se defendeu, evitando o ataque. Heime ficou enfurecido e no segundo embate fez com que seu garanhão batesse com tanta força no cavalo do rei que o animal dobrou os joelhos.

Dietrich saltou da sela praguejando e sacou da espada. Agora a luta continuaria corpo a corpo, mas a espada enferrujada de Heime quebrou-se e, rangendo os dentes, ele ficou à espera do golpe mortal.

— Percebi, senhor Heime, que você um valente guerreiro. Presenteio-o com a vida. Longe de mim mandar um homem assim para o inferno. Nenhum cavaleiro precisa envergonhar-se de ser seu companheiro de armas. Venha, filho do camponês Studa, venha fazer parte do círculo de meus homens e ser armado cavaleiro. De agora em diante você será um companheiro de Dietrich.

O rosto do jovem suábio abriu-se num sorriso. Jurou fidelidade ao rei e foi um dos primeiros companheiros de Dietrich.

— De que forma vergonhosa o seu cavalo caiu de joelhos diante do garanhão Rispe — disse Heime ao rei. Em casa há alguns corcéis bem melhores do que o seu. Se o senhor não tem cavalos melhores no estábulo, é bem possível que venha a perder algum combate. Permita trazer-lhe o melhor garanhão que houver no haras de meu pai.

Dietrich ficou contente com a oferta e Heime partiu logo depois. Demorou muito tempo para voltar, pois o caminho de ida e volta era muito acidentado e cheio de perigos. Mas enfim ele regressou trazendo um belo garanhão negro e deu-o ao rei, dizendo-se:

— Este é um presente do camponês Studa, que continua a venerar o seu rei. É o seu mais nobre garanhão e chama-se Falke.

Dietrich de Berna montou o garanhão Falke até o fim de seus dias e conquistou o afeto do animal como o de um amigo. Presenteou Heime com sua própria espada e armou-o cavaleiro.

Lá para as bandas do norte, na ilha de Selândia, vivia Wieland, o melhor de todos os ferreiros, casado com Batilde, a filha de um rei. Wieland tinha apenas um filho, que se chamava Wittich. Estava velho e ainda andava de muletas devido à terrível mutilação que seu adversário, o rei Nidung, pai de Batilde, lhe impusera. Por isso estava feliz em ver como o rapaz crescia forte e hábil, na certeza de que aprenderia a nobre arte da forjaria e seria seu digno sucessor.

Mas nesse ponto ele se enganava. Wittich ansiava apenas por viagens, combates e aventuras. Desejava comandar exércitos e conquistar povos. A mãe concordava com os sonhos do rapaz, pois como era filha de um rei queria que o filho também usasse um coroa. Mas uma coroa, essa ele nunca a tivera.

O velho Wieland era suficientemente sábio para não se deixar levar pela amargura e contrariedade, e assim perguntou ao filho:

— E aonde você pretende ir com tão elevadas intenções?

— Para Berna — foi rápida como uma flecha a resposta do rapaz —, para o sul, depois das montanhas. Ali o soberano é Dietrich, rei dos godos, um herói famoso como nenhum outro. Mas eu serei mais famoso que ele: vou desafiá-lo para um duelo.

— Eu já estava imaginando isso — disse o velho, tristonho e bondoso ao mesmo tempo. — Se você acha que deve ir, não vou segurá-lo. Tenho certeza de que meu garanhão também será capaz de enfrentar o herói Dietrich de Berna. — Assim falou porque sabia de que madeira seu filho Wittich havia sido talhado e que estava em busca de um oponente à sua altura. — Espere apenas eu terminar de fazer uma boa armadura que nenhuma espada conseguirá rachar. Também lhe dou a minha espada Mimung, pois com certeza não vou precisar mais dela, e o meu maravilhoso garanhão Cíntilo, descendente de outro Cíntilo que um dia montei.

Agradecido, Wittich abraçou o pai e passou os dias seguintes ao lado da forja vendo-o trabalhar na nova armadura, a melhor de todas, como se tivesse sido feita pelos famosos anões Mime ou Alberico.

Quando tudo ficou pronto, Wittich beijou o pai e a mãe e cavalgou portão afora.

Era uma viagem muito longa a que teria de enfrentar. Primeiro deveria atravessar o mar, depois cavalgar através de reinos estrangeiros e densas florestas, seguindo então a margem dos rios. Dentre as aventuras que enfrentou, uma ocorreu num vale montanhoso à beira de um riacho de águas espumosas e geladas, na qual encontrou três companheiros de Dietrich e teve de lutar com um bando de salteadores que do outro lado do riacho zombavam dele e o ameaçavam. No instante em que dava rédeas ao garanhão Cíntilo para atravessar o riacho e enfrentar os bandidos, surgiram três cavaleiros que lhe ofereceram ajuda, mas ele respondeu com altivez:

— Não há necessidade, eu resolvo isso sozinho!

E ato contínuo já estava do outro lado, com a espada silvando no ar. Mas como os salteadores eram em grande número, logo se viu numa situação difícil em que podia ser morto ou apunhalado pelas costas, pois os salteadores estavam armados com cacetes e facas, que sabiam manejar muito bem.

Os cavaleiros que lhe haviam oferecido ajuda eram Hildebrando, Heime e Hornboge, príncipe de um reino eslavo.

— Vamos lá ajudar o homem! — Hildebrando gritou.

— Ele é um fanfarrão de nariz empinado, não quer nossa ajuda — disse Heime mal-humorado. — E não se moveu, enquanto os outros dois atravessaram o riacho para ajudar Wittich. Dentro em pouco não havia um só bandido com vida.

Após jogarem os mortos no meio dos arbustos e sentarem-se para descansar e recobrar-se um pouco, Hildebrando admoestou o jovem Heime por não ter agido segundo as normas da cavalaria.

— O dever de todo homem que almeja ser herói é o de ajudar os que estão em perigo, não importa quem seja!

Heime engoliu a repreensão merecida, mas daí em diante sentiu antipatia por Wittich e inveja de sua armadura e também de seu garanhão, embora seu próprio corcel Rispe estivesse à altura de Cíntilo. Mortificava-o também o fato de Wittich ser descendente da filha de um rei, enquanto a mãe de Heime era apenas uma camponesa.

Hildebrando perguntou a Wittich, após as apresentações, aonde pretendia ir. Sem titubear Wittich respondeu que estava indo para Berna desafiar o rei Dietrich para um duelo. Hildebrando ficou preocupado, pois pela primeira vez achou que a espada Mimung, que Wieland dera ao seu filho, poderia colocar a vida do rei em perigo. Ficou pensando num modo de afastar tal perigo.

Continuaram cavalgando e chegaram ao castelo de Hildebrando, à margem do lago de Garda, onde iriam descansar antes de seguir viagem para Berna. A senhora Ute recebeu-os cordialmente e serviu-os dignamente. Hildebrando encontrou no seu salão de armas uma espada que era tão semelhante à de Wittich que poderia ser confundida com ela. À noite substituiu uma pela outra, murmurando de si para si, para acalmar a consciência: "É para o bem do meu senhor".

Na manhã seguinte continuaram a viagem e ainda na noite do mesmo dia chegaram a Berna.

O rei Dietrich estava à mesa com seus fiéis amigos quando foi anunciada a chegada dos quatro cavaleiros. Rápido, foi até o pátio cumprimentar os recém-chegados e de longe já chamava os três por seus nomes. Depois convidou-os:

— Venham, venham comer e beber e contem-me as aventuras. Com certeza todos vocês têm façanhas para me contar!

Apertou a mão dos três amigos e abraçou-os, mas nem olhou para Wittich. Era como se ele não estivesse ali.

O jovem ficou com tanta raiva que tirou a luva de ferro e jogou-a aos pés do rei.

— Quem é esse sujeito que me lança o desafio do duelo? — quis saber Dietrich. — Não sou obrigado a duelar com qualquer homem que chega aqui e a quem não dei as honras! — Naquele dia, o rei não estava com o mesmo humor de quando Heime o desafiara. Wittich levou a mão à espada.

Hildebrando apresentou Wittich ao rei, dizendo-lhe seu nome e origem, ao que Dietrich respondeu:

— Se você é filho de Wieland, o famoso ferreiro de Selândia, estou à sua disposição. Dêem abrigo e alimento ao homem. E você, Hildebrando, prepare tudo. Lutaremos amanhã de manhã.

Foi o que aconteceu. Dietrich e Wittich, com as lanças em riste, enfrentaram-se a cavalo. No primeiro embate os dois mantiveram-se firmes, pois os garanhões Falke e Cíntilo eram igualmente fortes. Em seguida os dois guerreiros desmontaram, como era então costume, para continuar a luta com a espada, e após alguns golpes a espada de Wittich se quebrou. O jovem ficou transtornado, tirou o capacete e lamentou-se:

— O senhor me enganou, meu pai. Fez uma espada que não serve para nada! — Começou a chorar e negou-se a prosseguir a luta. Dietrich ficou sem saber o que fazer.

Então Hildebrando colocou-se entre os dois e disse:

— Agi com má fé. Esse combate é desleal! — E contou o que havia feito.

— Essa é uma piada de mau gosto! — gritou Dietrich. — Traga imediatamente a verdadeira espada Mimung, e só então continuaremos o combate.

Foi a primeira e a última vez em que ele ficou amargamente irritado com o seu mestre-de-armas.

A verdadeira espada foi trazida e o combate continuou. Aquilo que Hildebrando temia parecia que ia acontecer, pois Dietrich sentia-se tão humilhado com a atitude de Hildebrando que não conseguia lutar com todo o empenho. Duramente acossado pelo adversário, acabou sendo ferido. Esse foi o único duelo em que Dietrich de Berna foi derrotado.

Mas Wittich baixou sua espada e disse:

— Chega, quero apenas que isso signifique que o grande herói Dietrich não conseguiu vencer-me.

Rancor e raiva desapareceram. Dietrich estendeu a mão ao adversário e disse:

— É com prazer que o aceito no círculo de meus companheiros. Você também deverá ser chamado companheiro de Dietrich.

Abraçaram-se e Wittich fez o juramento de fidelidade ao rei.

Outro cavaleiro que se tornou companheiro de Dietrich chamava-se Wildeber, e outro foi Dietleib. Mais tarde vieram outros, porém seus nomes se perderam. Wildeber chegou à corte de Dietrich e disse-lhe:

— Quando nasci, foi-me profetizado que morreria cedo, salvo se Dietrich de Berna me aceitasse entre seus companheiros sem saber quem sou.

Viera disfarçado numa pele de urso, fazia trejeitos aparvalhados e não respondia às galhofas dos que se achavam presentes à mesa do rei. Dietrich, no entanto, soube ver que sob o disfarce se escondia um verdadeiro herói, pois o rei tinha um olhar arguto para o autêntico e o oculto. Aceitou o hóspede maluco no seu círculo de companheiros. Este, então, deixou cair a pele de urso, e eis que estava perante todos um homem nobre e de boa figura que, sorrindo, assim falou:

— Meu ardil deu certo. Já não vou morrer cedo. Quero viver muito para servir ao herói Dietrich de Berna até o final de minha vida.

Tais palavras foram recebidas com gargalhadas e alegres aplausos. Ninguém queria morrer mas, segundo as regras da cavalaria, a morte não podia ser temida.

Dietlieb era filho de Biterolf, rei de Steiermark, vizinho do reino da Baviera. Muito cedo, ainda rapazote, resolveu ir para Roma, onde queria ver o famoso Dietrich de Berna, apenas vê-lo, não duelar com ele, e, se tivesse a sorte de granjear os favores do rei, servi-lo. Atrevia-se a fazer muitas coisas — mas, duelar com o rei, a tanto não se atrevia.

O imperador de Roma, Ermanarico, tio de Dietrich, mandara mensageiros a Berna a fim de convidar Dietrich e seus companheiros para uma festa. Muito alegres, os convidados seguiram viagem e no meio do caminho encontraram um jovem cavaleiro que lhes pediu para acompanhá-los. Era Dietlieb. Ele apenas contou que vinha do Norte, de um reino que fora obrigado a estabelecer relações de vassalagem com Átila, rei dos hunos, e que se chamava Dietlieb. Não contou quem era seu pai e nem que sua linhagem era real. Dietrich deu-lhe permissão para viajar com ele.

Em Roma, foram recebidos com honras reais — na verdade, com honras imperiais. Suntuosos palácios do antigo Império Romano foram-lhes oferecidos como moradia, enquanto a criadagem tinha de contentar-se com barracas. O jovem cavaleiro estrangeiro, como não era convidado, teve de permanecer junto com a criadagem.

Isso deixou-o aborrecido, e para não se deixar dominar pelo mau humor resolveu fazer uma brincadeira assaz ousada. Convidou todos os criados para um banquete. Enquanto os senhores se regalavam no palácio de Ermanarico por nove dias seguidos, ele ofereceu aos seus convidados, também por nove dias seguidos, rios de vinho e montanhas de carne de carneiro, em tal quantidade que superou em fartura e brilho a festa dos senhores. Também mandou chamar músicos e trovadores desempregados, que existiam aos bandos na cidade e que, agradecidos, cantaram e tocaram com todo o gosto, contribuindo para que a festa da criadagem fosse mais divertida que a dos senhores no palácio. Tamanho foi o sucesso desse banquete que mais tarde ainda se falou muito sobre ele.

Como Dietleib conseguiu isso? Bem, primeiro gastou todo o seu próprio dinheiro, que aliás não era pouco, mas, quando este terminou, começou a fazer dívidas, o que conseguiu com muita astúcia e jeito. Quando os comerciantes exigiram um penhor pelas dívidas, pegou simplesmente os garanhões, depois as armaduras e por fim tudo de valor dos grandes senhores, empenhando todos os bens. Primeiro empenhou o garanhão Rispe de Hime, depois Cíntilo de Wittich e por fim Falke de Dietrich, e os senhores não perceberam nada, pois julgavam que estivessem sob a custódia dos criados. Mas estes, como eram convidados de Dietlieb, não interferiram nas negociações.

Por fim as festas terminaram, e a traquinagem de Dietlieb foi descoberta. Dietrich ficou tão indignado e também tão espantado com semelhante atrevimento que não sabia nem o que fazer. Os companheiros de Dietrich também estavam pasmos. Que fariam com aquele rapaz? Levaram-no à presença do rei e, depois que este o admoestou, Dietlieb retorquiu sossegado:

— Sempre que encontrei nobres senhores, ofereciam-me primeiro comida e bebida. Aqui fui empurrado para junto da criadagem, e olhe que sou bom no vinho como qualquer outro.

Dietrich não conseguiu conter a gargalhada e disse:

— Bom, isso nós vamos ver. Se você conseguir beber todo o vinho da maior caneca que há neste salão, esvaziá-la de uma só vez e continuar firme sobre as duas pernas, então acreditarei ser verdade o que você diz.

Mandou trazer uma enorme caneca e enchê-la de vinho. Dietlieb abriu as pernas, bebeu todo o vinho ininterruptamente, de uma só vez, e continuou firme sobre as pernas, tal como antes. Pois beber era coisa que ele sabia fazer. Desde pequeno aprendera-o em casa, e por isso era imbatível.

Todos olharam para ele admirados. Entre os presentes estava um sobrinho do imperador, Walter de Wasgenstein, que perguntou:

— Será que esse rapaz sabe fazer outras coisas além de comer, beber e gastar dinheiro? Quem é ele, afinal de contas?

Por fim Dietlieb contou quem era e acrescentou:

— Em muitas coisas posso igualar-me a vocês: na corrida, no salto em distância e no arco e flecha. Se tiverem coragem de competir comigo valendo a própria cabeça, eu aceito.

Dietrich logo interveio, dizendo que não precisava correr sangue nem colocar a cabeça em jogo. O que o senhor Walter achava disso? O senhor Walter, que já não era muito jovem e ostentava algumas gordurinhas — gordurinhas da boa vida que levava, pois era um homem bem rico —, teve de aceitar o desafio. O jovem venceu todas as competições.

Já que não estava mais em jogo a própria vida, Dietlieb podia pedir algo como prêmio por sua vitória. Pediu então que fosse resgatado com os comerciantes tudo o que havia empenhado. Walter aceitou: era um homem muito rico e também generoso, o que é difícil de acontecer ao mesmo tempo.

Assim os cavaleiros de Berna conseguiram recuperar os seus cavalos, armaduras e outros bens e não guardaram rancor ao jovem. Pelo contrário, todos gostaram do seu jeitão descuidado. O rei também gostou dele e convidou-o para fazer parte do seu círculo de amigos, desde que pronunciasse o juramento de fidelidade. Dietlieb concordou, todo feliz: não fora exatamente com esse objetivo que viera a Roma? Mais tarde participou da aventura no jardim das rosas de Laurin, na qual seu empenho foi o de libertar sua bela irmã Kühnhilde. Também lutou ao lado do rei na guerra dos hunos contra os russos, onde, sem saber de nada, travou combate com seu próprio pai. E por outras façanhas mais angariou louvor e consideração. Além disso as mulheres o amaram muito.

O fracassado pedido de casamento

Na vida de Dietrich não faltavam façanhas heróicas e vitórias militares. Só havia uma coisa que não conseguira até agora: o amor de uma mulher. E ele bem sabia que essa era a coisa mais preciosa da vida. Ansiava por amor, por um amor diferente daquele que lhes ofereciam seus companheiros e subordinados.

Mandou mensageiros a todos os cantos e em todas as direções, para reinos vizinhos e distantes, com a missão de descobrir a mais bela virgem, a quem pediria em casamento.

Quando os mensageiros voltaram, o rei teve de ouvir muita coisa. Uns falavam das louras filhas dos países nórdicos, onde uma ou outra destacava-se em especial; outros foram à Normandia e outros ainda à Espanha, gabando a beleza das suas moças morenas e de cabelos negros. Até à Britânia e à Irlanda chegaram os mensageiros, ali encontrando mulheres cujos olhos verdes e formosura louvaram. Mas atrapalhavam-se e contradiziam-se de tal maneira nos seus relatos que o rei ficou cada vez mais confuso.

Por fim um emissário que soube descrever em cores vivas a beleza e a virtude de Hilda, a filha do grande rei Artur, soberano dos anglos e de Gales, conseguiu convencer o rei: "É essa ou nenhuma".

Depois imaginou quem poderia ser o emissário que transmitiria o pedido de casamento. Tinha de ser um homem muito inteligente e habilidoso, pois todos sabiam que o rei Artur não queria abrir mão de sua filha e que até aquele momento todos os pretendentes haviam sido mal recebidos e mandados de volta. Sua escolha recaiu sobre o conde normando Herbert, que vivia há algum tempo em sua corte e se destacava por seu porte elegante e maneiras simpáticas. Era tão hábil em cair nas graças de todos que Dietrich julgou ter encontrado o homem certo.

O conde Herbert aceitou prontamente a incumbência e sem mais delongas pôs-se a caminho. Viajou por muito tempo com seus criados e no final ainda teve de atravessar um estreito. Por fim chegou são e salvo à corte do rei Artur, onde foi recebido, como era usual, com todas as honras pelos cavaleiros do rei. Foi apresentado ao rei e convidado para os torneios e outras competições. Mas o pedido de conversar com a princesa Hilda foi-lhe negado com brusquidão. Exceto no dia em que ela ia à igreja, o rei avisou, não permitia que nenhum homem olhasse para sua filha, nem mesmo de longe.

Então o conde Herbert soube convencer o rei de que aceitava tal proibição sem estranhar nem guardar rancor. Soube também distraí-lo, fazendo-o esquecer o fato de que estava interessado por sua filha. Sua permanência na corte do rei foi tão prolongada que, para ganhar tempo a fim de alcançar o seu propósito, conseguiu ser admitido a serviço do rei.

Apesar de tudo isso, estava muito longe de seu objetivo, embora se encontrasse a caminho dele. Certo domingo, na hora em que a princesa dirigia-se para a missa, Herbert escondeu-se atrás de uma coluna na entrada da catedral, na esperança de ver a beldade, mas logo percebeu que ali não tinha nenhuma possibilidade de trocar duas palavras com ela. A princesa vinha acompanhada por doze cavaleiros, seis de cada lado, além de quatro monges que lhe seguravam a cauda do manto. Quando o conde Herbert, indeciso, tentou avançar em sua direção para ao menos poder ter um rápido vislumbre de seu rosto, foi-lhe dado a entender por gestos enérgicos que devia afastar-se. Além disso o rosto da moça estava coberto por um véu. Herbert pensou: "Como será que os mensageiros do rei Dietrich conseguiram ver a princesa para descrevê-la de forma tão viva?". Era um mistério para o qual ninguém tinha resposta. Mas não seria por isso que o conde Herbert desistiria de seu intento. Seguiu atrás da comitiva e buscou um lugar na igreja onde pudesse, ao menos de longe, observar a moça — quem sabe teria a sorte de vê-la no momento em que suspendesse o véu e voltasse o semblante para o altar. De fato, a sorte o ajudou: a certa altura da missa a moça ergueu o véu e baixou os olhos para o livro de orações.

Esses poucos instantes foram o suficiente para colocar em chamas o coração do jovem cavaleiro. Logo depois ela desviou o semblante do livro de orações para o altar e, antes de cobrir novamente o rosto com o véu, seus olhos encontraram-se com os do conde por alguns segundos. Parecia-lhe estar submergindo em seus olhos para, já no momento seguinte, assustado, desviar-se e voltar à tona. Tudo isso o desnorteou e o encantou imensamente.

Na missa seguinte o conde pôs em execução uma artimanha ousada para chamar a atenção da moça. Levou no bolso dois camundongos, um com uma fita dourada em torno do pescoço e o outro com uma fita prateada. Durante a missa colocou o camundongo com a fita prateada no chão, e este, vejam só, como se fosse um animal adestrado, correu direto até a princesa. Assim aconteceu porque os camundongos sabem quem mais se assustam com eles, ou seja, as senhoras, e Hilda era a única ali por perto.

Ela assustou-se e então Herbert viu como era belo o seu rosto, o mais belo que jamais vira. No momento do susto, seus olhos encontraram-se e permaneceram presos uns aos outros por um instante. Depois, corando, ela baixou a face e mergulhou no livro de orações.

Herbert, então, soltou o outro camundongo, aquele com a fita dourada, e também este foi direto até à moça. Mais uma vez ela se assustou, mas controlou-se, pois não era apropriado que na igreja uma moça soltasse gritinhos ou subisse ao banco. Mas uma coisa ela compreendeu: que aqueles dois camundongos continham uma mensagem, um sinal — e logo adivinhou de onde vinham. Como o conde Herbert era um rapaz extremamente garboso, e como Hilda havia lido em seus olhos algo que não havia lido em nenhum outro olhar, ela foi obrigada a rir. Assim um mesmo sentimento inflamou os dois corações e Herbert se esqueceu de sua missão, pois era para um outro que ali estava com o objetivo de pedir a princesa em casamento.

Daí em diante passaram a trocar olhares furtivos à entrada da igreja, e o desejo de se aproximarem aumentava em ambos. Até que Hilda encontrou uma saída: como um dos nobres que fazia parte de seu séquito morrera num duelo, ela pediu ao pai a permissão de escolher alguém para substituí-lo, e quando o rei lhe deu o consentimento ela optou pelo jovem cavaleiro normando. Deu a entender que esse fato não tinha nenhuma importância: apenas desejava que o número de cavaleiros de seu séquito estivesse completo. Desde então os dois conseguiram encontrar-se várias vezes sem que ninguém os molestasse.

Certo dia, Herbert revelou a Hilda sua missão:

— Já faz meio ano que estou aqui e até agora um soberano nobre e muito famoso aguarda o meu retorno.

— Se é assim — retrucou Hilda —, por que você não voltou antes?

— Dietrich de Berna espera ansioso pelo meu regresso, mas não é por minha causa. Eu não significo nada para ele — respondeu Herbert.

Hilda sabia muito bem aonde essa conversa ia chegar, mas fez-se de desentendida.

— Por causa de quem ele aguarda ansioso o seu regresso?

— Ele espera ansioso pela resposta que você me dará quando lhe transmitir a mensagem dele.

— E que mensagem é essa? — perguntou ela.

— Ele pede você em casamento.

— Portanto você está aqui para pedir a minha mão em casamento em nome dele? — perguntou Hilda, como se estivesse amuada, e de fato estava. — Já ouvi falar muito sobre seus feitos heróicos, e o nome dele corre o mundo. Seus feitos são quase tão famosos quanto os de meu pai e de seus heróis da Távola Redonda. Mas nunca ninguém o descreveu para mim. Pode ser que sua figura e seu semblante não sejam belos. Sabe-se de pessoas com defeitos físicos que também são capazes de feitos heróicos e de ser soberanos de um reino. Você seria capaz de desenhar o rosto dele com este lápis de ardósia?

— Sim — respondeu Herbert —, acho que sou capaz.

Herbert desenhou com traços cuidadosos sobre o muro de pedra um rosto que se assemelhava ao de Dietrich, esforçando-se para não reproduzi-lo nem mais belo nem mais feio do que era. Hilda observou a imagem com muita atenção e depois disse:

— Que me importa o rosto de Dietrich! Você é capaz de imitar a voz dele, para eu saber como ele fala?

Herbert respondeu que não.

— Eu não o quero — disse ela subitamente. — Ele deveria ter mandado um emissário melhor do que você.

— Não conseguiu encontrá-lo — volveu Herbert.

— Ele não foi muito esperto quando mandou você.

Ficaram calados por um momento. Então Hilda perguntou:

— Por que em vez de pedir minha mão em casamento para ele você não se empenha em obtê-la para si mesmo?

— Ó mais nobre de todas princesas, eu não sou um rei! — exclamou ele.

— Isso não me importa. É a você que eu quero, e não a Dietrich de Berna.

Os dois uniram suas mãos e solenemente fizeram um voto de que nada os separaria, exceto a morte. Foi isso que disseram um ao outro, pois não haveria um capelão que aceitasse abençoá-los e sabiam também que só a fuga tornaria possível o seu amor. Nem tentaram aplacar a ira do rei. Fugiram e foram perseguidos, mas conseguiram atravessar o mar e chegar à terra natal de Herbert, onde viveram felizes até o resto de suas vidas.

O rei Dietrich ficou a ver navios, mas não se deixou levar pela raiva. Aceitou sem reclamar a força do amor. "Se um dia eu resolver pedir alguém em casamento outra vez, serei mais esperto e escolherei como emissário não um galanteador como esse conde Herbert, mas alguém grosseirão como o Heime!", pensou ele.

O jardim de rosas de Laurin

Esta história começou quando a graciosa Kühnhilde desgarrou-se descuidadamente de seus familiares, que haviam parado na floresta para descansar e comer alguma coisa, e foi colher flores numa clareira. Ela era a irmã de Dietlieb, filho do rei Biterolf de Steiermark. Viajavam juntos, acompanhados por uma comitiva, para uma festa na corte do rei Dietrich em Berna.

Como depois de algum tempo Kühnilde não havia retornado, todos começaram a ficar preocupados. Onde estava a moça? Saíram a chamá-la, perscrutaram toda a floresta, fazendo ressoar os tons lamentosos das trompas. Mas Kühnhilde não foi encontrada.

Dietlieb começou a chorar, pois amava muito sua irmã.

— Ladrões, salteadores infames a raptaram — gritou, agoniado. — E nós aqui, cegos e surdos, a nos regalar. Que vergonha! Que hei de fazer agora?

Porém não foram salteadores de estradas que haviam raptado a jovem, mas Laurin, o poderoso anão. Ele era o soberano de um misterioso reino no alto das montanhas, que se estendia por enormes cavernas sobre os cumes das montanhas e atrás de muralhas rochosas. Lá no alto, acima dos cumes, havia um fantástico jardim de rosas que nenhum homem jamais lograra vislumbrar. Laurin era rei de um povo de anões, do qual os homens apenas ouviam falar. Ele mesmo era versado em magia: usava um cinto que lhe dava a força de doze homens e tinha um capuz que o tornava invisível. Tudo isso fazia com que fosse um dos soberanos mais poderosos da terra, sem nunca se haver envolvido em combates sangrentos ou no destino dos grandes reinos.

Mas no seu peito batia um coração igual ao dos homens, e quando naquele dia, vagueando pelas florestas perto dos limites de seu reino, viu a bela Kühnhilde, uma forte paixão fez seu coração palpitar. Colocou o capuz que o tornava invisível, puxou a moça para a sela de seu cavalo e partiu em célere galope. Aterrorizada, amedrontada, Kühnhilde tentou defender-se, mas em vão. Logo ela desistiu de qualquer resistência e abandonou-se nos braços do anão. Depois caiu em profundo sono, embalada por suas palavras de amor.

Não demorou muito para que Dietlieb percebesse serem vãs as buscas para encontrar a irmã. Decidiu, pois, continuar a viagem até Berna e solicitar a ajuda ao rei. Mas antes pretendia parar no castelo de Hildebrando, que ficava a meio caminho, e pedir o seu conselho.

Hildebrando, o mestre-de-armas de Dietrich, a quem todos chamavam de Velho, embora ainda fosse um dos mais fortes cavaleiros da corte de Dietrich, recebeu-o com cordialidade e pediu-lhe que contasse os motivos de sua aflição. Ute, a mulher de Hildebrando, que sabia de muitas coisas, disse:

— Só pode ter sido Laurin, o rei dos anões. Minhas criadas contaram que ele está procurando uma bela esposa entre os homens, pois é isso o que deseja.

— Acho que Ute tem razão — disse Hildebrando. — Vamos até a fronteira de seu reino para ver o que podemos fazer. Dois criados meus, que são tão pequenos que parecem anões e já viveram nos domínios de Laurin, conhecem o caminho.

No entanto os dois criados negaram-se a acompanhá-los, temerosos da fúria de seu antigo soberano — mas descreveram o caminho para eles. Sem mais delongas, Hildebrando e Dietlieb partiram.

Quando chegaram ao alto das montanhas, Hildebrando avistou um fauno entre os arbustos e alguns blocos de granito. Tímido como um lagarto, o fauno saiu correndo. O Velho pulou do cavalo e foi atrás dele, saltando sobre paus e pedras, até que o alcançou, pois era um fauno velho e alquebrado. Hildebrando agarrou-o e ele começou a choramingar e suplicar:

— Não me matem, não fiz nada a ninguém. Sou apenas um pobre fauno que o rei Laurin expulsou de seu reino!

— Não vou lhe fazer nada — Hildebrando acalmou-o. — Só quero que me conte tudo o que sabe sobre o rei anão.

Então o fauno, todo trêmulo, começou a falar:

— É o soberano mais poderoso da terra. Governa mais de mil anões e tem tesouros maiores que todos os tesouros juntos dos reis lá de baixo. Usa um cinto que o torna mais forte que doze cavaleiros como o senhor e ainda por cima é capaz de ficar invisível. Mas a coisa que ele mais ama é o seu jardim de rosas. Fica lá em cima, entre as geleiras. São milhares de rosas, vermelhas como o céu ao alvorecer. Não se atrevam a entrar nesse jardim! Ele é cercado por fios de seda, e quem entrar nele e pisar numa única rosa será terrivelmente castigado: Laurin corta-lhe uma mão e um pé.

— Sabe de alguma coisa sobre o rapto de uma moça? — Hildebrando continuou perguntando.

— Todo mundo entre os anões sabe dessa história — respondeu o fauno. — Mas quem seja ela, isso não sabemos. O rei está muito mal-humorado e preocupado por causa de seu amor infeliz, pois a jovem não quer aceitá-lo em casamento. Se o senhor pretende falar com ele, tome cuidado. É melhor esperar um ano até que seu desgosto tenha passado. Quando ele está amuado, saia de perto: é pior que um dragão cuspidor de fogo.

"Que histórias estranhas!", pensou Hildebrando, deixando o fauno partir e voltando para perto de Dietlieb. Resolveram cavalgar até Berna e pedir ajuda a Dietrich, pois não sa-

biam como agarrar Laurin. Durante o caminho Dietlieb chorou e lamentou a sina de sua amada irmã.

Ao chegarem a Berna, explicaram ao rei a situação e pediram sua ajuda. Dietrich ficou inquieto e raivoso quando soube que existia um rei anão mais forte e mais poderoso do que ele, que havia raptado uma dama, a irmã de Dietleib, um de seus melhores companheiros, e ainda continuava impune. Hildebrando resolveu atiçar a raiva de Dietrich mais um pouco:

— Muitas façanhas você já realizou, meu rei, mas talvez não muito difíceis. Acabar com o anão Laurin talvez seja a mais difícil...

— Acabar com um anão? — gritou o rei, furioso. — Não me faça rir! Partiremos amanhã cedo.

— Leve alguns de seus melhores companheiros de armas — sugeriu Dietlieb.

— Além de vocês dois, irá Wittich, o filho de Wieland, um herói inigualável. Pois talvez tenhamos de enfrentar um exército de homenzinhos além daquele anão.

No dia seguinte partiram os quatro, pois Wittich concordou prazerosamente em participar da aventura. Muitos outros se ofereceram para acompanhá-los, mas Dietrich dispensou-os, dizendo:

— Vocês não vão querer que eu passe vergonha. Lutar contra um anão com tantos e tão fortes cavaleiros!

Eles não sabiam o que os aguardava. Cavalgaram montanha acima, sempre mais alto, passando ao lado de profundos precipícios, através da neve e da tempestade, até que chegaram ao último espinhaço, onde nenhuma árvore medrava e nenhuma floresta bramia. Nesse lugar a tempestade cessou repentinamente; uma suave brisa primaveril e um doce perfume de rosas os envolveu. Perceberam que estavam perto do jardim de rosas de Laurin.

Hildebrando pediu aos companheiros parassem e disse:

— Chegamos aos derradeiros limites. Aqui começa a amenidade de um paraíso e também um perigo mortal. É bom precaver-nos e não entrar no jardim de rosas de Laurin, pois essa é a maior afronta contra o rei anão e que o faz ficar fora de si. E se houver um combate...

— Hei de vencê-lo — interrompeu-o Dietrich —, e quanto a vocês, fiquem aqui, não se intrometam. Estou ansioso para medir-me com a legendária força desse anão.

— Você é o único que consegue enfrentar uma força mágica — disse Hildebrando. — Mas mesmo assim só conseguirá vencê-lo se conseguir tirar o cinto dele. Apenas numa luta de corpo a corpo você chegará perto dele, por isso evite uma luta de espadas. Agarre-o com firmeza e aperte-o nos braços, do contrário não conseguirá vencê-lo.

Quando se aproximavam do jardim de rosas, Wittich foi tomado pela arrogância e pela raiva, como se todo aquele perfume lhe tivesse subido à cabeça. Aquele campo de rosas era tão belo que nem em sonho seriam capazes de imaginá-lo. Wittich já nem pensava nos conselhos do mestre-de-armas. Quando viu o fio de seda que cercava o jardim, cortou-o com a espada e entrou cavalgando no meio das rosas. Jubiloso e arrogante, deixou o cavalo trotar com gosto sobre as flores, surdo aos gritos dos companheiros, que o advertiam para não continuar com aquela bobagem, pois devia preparar-se para o combate.

O anão Laurin, espumando de ódio, montado no seu pequeno cavalo, cavalgava rápido em sua direção, de lança em riste. Antes que Wittich conseguisse perceber o que acontecia, já estava no chão, derrubado por violento golpe. Em seguida o anão voltou-se para os outros guerreiros. Hildebrando conseguiu aparar o golpe da lança no seu escudo e ao mesmo tempo Dietrich agarrou-o, puxando-o da sela com sua força gigantesca e apertando-o fortemente com os dois braços. Mas, graças ao seu cinto mágico, Laurin tinha a força de doze homens e defendeu-se com vigor selvagem. Os três rolaram pelo chão e lutaram entre as rosas, que foram massacradas. Que tristeza!

Tomado de fúria, o anão bufava e berrava. Arranhou o rosto de Dietrich com suas unhas, e o tumulto era tão terrível que nem Hildebrando nem Dietlieb conseguiram interferir. Enquanto isso, Wittich continuava desmaiado no chão.

Por fim Dietrich conseguiu arrancar o cinto do anão e fê-lo em pedaços. No mesmo instante o anão ficou indefeso e transformou-se num feixe de lamentos e choramingos. Rogou ao rei que lhe poupasse a vida em troca de muito ouro e pedras preciosas.

— Nada disso — interveio Dietlieb. — Não queremos o seu ouro, já temos o suficiente. Devolva a minha querida irmã Kühnhilde.

Os quatro estavam sentados no meio das rosas em volta do anão capturado. Laurin choramingou:

— Eu amo tanto a sua irmã, a mais bela dentre as belas, que sem ela minha vida não tem nenhum valor. Podem matar-me, mas enquanto estiver vivo não entregarei a minha amada. Acreditem-me, aqui ela recebe do bom e do melhor. Nenhum rei na terra poderia oferecer-lhe tanta coisa boa e especial como eu. Trato-a com toda a ternura e cuidado. Ela já me perdoou por tê-la raptado, pois se agi assim não foi por maldade, mas por amor. Sinto que seu coração está começando a derreter-se com toda essa riqueza e luxo à sua volta. Tudo isso, além do respeito com que é tratada, fez com que seu medo diminuísse. Ela sabe que aqui só terá coisas boas. É soberana sobre milhares e milhares de rosas e não há dossel mais macio que o dela. Acreditem-me, nobres senhores, não a toquei nem usei de violência contra ela. Para mim, a castidade dela é sagrada. Protejo-a com todo o cuidado, não deixei ninguém fazer-lhe mal.

Assim falava Laurin, uma falação que não tinha fim. Era como um rio caudaloso. Continuou com sua arenga até que Dietlieb cortou-lhe a palavra:

— Isso é o que vamos ver. Quero ouvir isso da boca de minha irmã.

— Venham ao meu palácio e sejam meus convidados — disse Laurin, já com novas esperanças, pois se até agora os cavaleiros tinham hesitado em matá-lo, não o fariam mais.

— Se é verdade o que você está falando — disse Dietrich —, vamos fazer as pazes. Se no entanto Kühnhilde desejar ir embora e o abandonar, você terá de aceitar tudo sem choro.

Montaram e, depois de longa cavalgada, chegaram a uma caverna encimada por um talude rochoso. Lá dentro havia um palácio igual ao de um rei extremamente rico. Nada ali se assemelhava a uma caverna. À frente deles estendia-se a perder de vista uma paisagem amena, com colinas, planícies, rios e casinhas cercadas de terra cultivada. Kühnhilde apareceu numa porta, em ricos trajes de seda, correu em direção aos recém-chegados e os dois irmãos caíram nos braços um do outro.

Para comemorar a reconciliação e o reencontro, o rei ofereceu um banquete. Em pouco tempo uma grande mesa foi coberta com as mais apetitosos iguarias e bebidas selecionadas. Havia música e todos os anões estavam ali para recepcioná-los. Os quatro cavaleiros não pensaram duas vezes. Tiraram as armaduras e depuseram as armas para poderem conversar com seus novos amigos e servirem-se sem cerimônia. Mas era justamente o que não deviam ter feito.

O rei Laurin maquinava uma traição. Não aceitava o fato de ter sido derrotado pelo astuto cavaleiro godo, que lhe fizera o cinto mágico em pedaços, nem admitia que muitas de suas rosas tivessem sido pisoteadas. Mas acima de tudo não tolerava que esses cavaleiros levassem sua preciosa presa, a amada virgem Kühnhilde, antes mesmo que ela começasse a interessar-se por ele.

Um após outro, os quatro cavaleiros caíram em profundo sono. Laurin colocara um entorpecente no vinho. Lá estavam eles, pois, totalmente inermes, não percebendo nada do que lhes acontecia. Laurin mandou amarrá-los e jogá-los no calabouço. Quando acordaram, como se sentiriam? Conseguiram libertar-se das cordas, esfregando-as nos cantos afiados de uma pedra de granito, mas isso pouco adiantou, pois não conseguiram arrombar a porta de ferro, que tinha uma pesada tranca, nem mesmo unindo todas as suas forças. Ficaram ali sentados, sombrios, sem saber o que fazer, angustiados com o veredicto do maligno anão, que com toda a certeza os condenaria à morte.

Do lado de fora Kühnhilde pensava numa maneira de salvar os cavaleiros. Desistiu de suplicar a Laurin que tivesse misericórdia dos prisioneiros, pois sabia que o rei só cederia se ela concordasse em ser sua mulher. Teria de agir com astúcia. E a sorte estava do seu lado. Feliz com o sucesso de seu plano, o rei anão bebeu vinho em excesso e, embriagado, caiu em profundo sono. Hilda, na presença dos outros anões, curvou-se sobre Laurin como se estivesse fazendo-lhe um carinho e surrupiou-lhe a chave da tranca do calabouço. À noite, esgueirou-se até lá e abriu a porta.

Os quatro prisioneiros saíram silenciosamente, dirigindo-se primeiro até o local onde se encontravam as suas armas. Vestiram as armaduras e, de espada em punho, atacaram os anões, daí resultando uma matança terrível. Não se lembraram de que primeiro que tudo deveriam ter colocado Laurin fora de combate. Ele acordou com o barulho que reinava no salão de seu palácio e imediatamente percebeu o que estava acontecendo e que sua vida corria perigo. A toda pressa, apanhou o seu capuz, tornou-se invisível e desapareceu no meio do tumulto. Dietlieb foi incumbido da perseguição e, espumando de raiva, procurou por ele para vingar-se, enfim, do rapto de sua irmã.

Lá fora, no campo aberto, entre escarpas e precipícios, desenrolava-se uma batalha, pois Laurin convocara todos os seus homens e eles apareceram de todos os lugares: das fendas nas rochas, de pequenas aberturas na terra, debaixo das árvores, com seus arcos e flechas, suas únicas armas. Os quatro cavaleiros ceifavam-nos como na colheita de trigo, pois as frágeis flechas dos faunos, duendes e gnomos nem sequer os arranhavam. O estranho é que todos aqueles homenzinhos, ao morrerem, simplesmente desapareciam, transformando-se em terra, pedra, pau ou folha seca, não deixando nenhum vestígio. Nem mesmo sangue derramavam.

Quando metade do exército de Laurin foi exterminada, o rei ordenou que recuassem e mandou chamar três gigantes, que devido a um juramento de fidelidade eram obrigados a servi-lo. Eles moravam num vale profundo, para lá do jardim de rosas, e como armas tinham apenas clavas e troncos pontiagudos, porque Laurin os havia proibido de trabalhar com o ferro. Chegaram ansiosos, prontos para entrar na batalha. Golpeavam os quatro heróis de forma tão selvagem e raivosa que nunca atingiam o alvo, destruindo todas árvores e toda vegetação em derredor. Nenhum dos quatro foi ferido, mas os três gigantes acabaram encontrando a morte nas espadas dos cavaleiros vencedores.

Ao ver os três gigantes mortos, Laurin já não sabia o que fazer. Sua causa estava perdida. Arrependeu-se profundamente de ter tramado, com sua perfídia e deslealdade, sua própria ruína. Então, levantando os braços em desespero, começou a chorar e a lamentar-se. E, caindo de joelhos aos pés do rei godo, suplicou:

— Nobre rei, rendo-me à sua clemência e ao seu desprezo. Confio na sua bondade e nobreza, que todo mundo conhece. Peço-lhe que poupe a mim e ao meu povo.

Dietrich não queria saber de nada disso, tão furioso estava com a perfídia do anão.

— Para a deslealdade só a morte, seu miserável. Você devia saber disso! — gritou ele, raivoso. Wittich e Dietlieb deram-lhe razão e não concordaram em conceder clemência ao anão. Só o sábio Hildebrando tinha outra opinião e exortou-os a se mostrarem mais prudentes.

— Pergunte a Kühnhilde o que ela deseja — aconselhou ele. — Pois percebo que ela não está de acordo com essa horrível matança nem com a sina de Laurin. Pergunte a ela se ele lhe fez algum mal ou se a cumulou de favores e cuidados. Acho que é ela quem deve determinar o que deve acontecer a Laurin.

E foi o que fez Dietrich. Tímida, Kühnhilde disse que Laurin lhe oferecera tudo o que há de melhor e envolvera-a em cuidados e atenção. Não podia queixar-se de ter sofrido nenhuma ofensa, pois o amor dele não podia ser para ela uma dor. Pediu-lhes que poupassem a vida dele e a de seu povo.

Enquanto os quatro cavaleiros ainda refletiam sobre o que ela dissera, Kühnhilde acrescentou:

— Não é bom exterminar o povo dos anões.

— Por quê? — perguntou-lhe o irmão.

— Deus criou também esse povo, e é graças a eles que algumas coisas boas acontecem na floresta, nas montanhas e nos campos, embora os homens não saibam disso. Se forem exterminados, as montanhas e as florestas terão menos vida. Lembrem-se do jardim de rosas, de suas cores e de seu perfume. Nenhum homem seria capaz de criar tanta beleza.

Assim falou ela, e mais uma vez intercedeu pelo rei dos anões. Finalmente Dietrich comoveu-se com o pedido da irmã e concordou em atendê-la.

Libertaram Laurin, não tocaram nos tesouros guardados na caverna e deram as costas ao reino dos anões.

Ao passarem ao lado do jardim de rosas, Kühnhilde pediu-lhes que parassem um instante. Queria contemplar pela última vez aquele paraíso. Advertiu-os para nunca mais entrarem ali, mesmo que tivessem de fazer um desvio, e pediu-lhes que jurassem nunca mais maltratar uma só daquelas rosas.

Os heróis fizeram o juramento, e após alguns dias de viagem chegaram a Berna sãos e salvos.

Dietrich entre os hunos

Muito tempo atrás, as hordas guerreiras dos hunos caíram sobre os reinos europeus como uma nuvem de gafanhotos. Reinos inteiros foram devastados, cidades e vilarejos desapareceram como num terremoto, reis e príncipes foram expulsos, cavaleiros e heróis em número incontável foram mortos. Os hunos eram tantos que, mesmo quando os campos de batalha estavam juncados com seus corpos, o número deles não diminuía.

Quando sua sede de sangue foi aplacada, Átila, o rei dos hunos, também conhecido por Etzel, achou melhor poupar os reinos que ainda não haviam sido arrasados, sob a condição de os reis jurarem lutar ao lado dele. Muitos concordaram em fazer esse juramento para preservar seu reino e sua vida. Foi o que fez Dietrich de Berna.

Chegou o dia em que ele foi lembrado de seu juramento e viu-se na obrigação de ajudar o rei dos hunos. Os mensageiros anunciaram que Oserich, o rei dos russos, avançava com um grande exército contra os hunos, porque Átila, algum tempo antes, havia raptado Helke, filha de Oserich, e este queria vingar-se da afronta.

Quando os russos já estavam no interior do território huno, Dietrich e seus guerreiros chegaram e uniram-se aos hunos. Os dois exércitos inimigos avançavam um em direção ao outro ao longo do rio Danúbio. Entre os companheiros de Dietrich estava também o jovem Dietlieb. Helke, mulher de Átila, pediu a Dietrich para não levar Dietlieb ao campo de batalha, deixando-o com ela para que adestrasse seus filhos no manejo das armas. Dietrich acedeu-lhe ao desejo e ordenou a Dietlieb que ficasse. Dietlieb submeteu-se resmungando, embora sua intenção fosse desobedecer à ordem e seguir atrás do exército.

Ele ainda não sabia que seu pai, o rei Biterolf, soberano de Steiermark, também seguia com seus guerreiros ao lado dos hunos. À frente de todos cavalgavam os companheiros de Dietrich: Wittich, Heime e Wildeber, e ainda muitos outros. O mais temido cavaleiro do exército de Oserich era Widolt, o guerreiro da barra de ferro, como era conhecido por todos,

porque em vez de lutar com a espada tinha como arma uma barra de ferro que sabia manejar muito bem com sua extraordinária força. Widolt era um homem tão selvagem e violento que em épocas de paz só podia andar no meio dos outros amarrado, para refrear sua raiva e não matar pessoas inocentes.

Wittich e Heime continuavam rancorosos um com outro. Heime não conseguia esquecer a repreensão que recebera porque não ajudara Wittich na luta contra os salteadores. A inimizade entre ambos, para desgosto de Dietrich, ainda haveria de prolongar-se.

Após o choque dos dois exércitos, a batalha ficou indecisa por muito tempo, mas por fim os russos começaram a perder e os lombardos, os hunos, os homens de Biterolf e também os de Rüdiger de Bechelaren perseguiram-nos. À frente de todos cavalgava Wittich, filho de Wieland, sobre o garanhão Cíntilo, o mais rápido de todos, mais ligeiro ainda que o garanhão Rispe de Heime, e com sua espada Mimung, forjada por Wieland, a melhor de todas. Por tudo isso Heime invejava-o.

Como Wittich sempre investia à frente de todos, perdeu de vista seus companheiros e de repente se viu sozinho e frente a frente com o violento Widolt, que era o último dos fugitivos. Antes mesmo que tivesse tempo de desembainhar a espada, a barra de Widolt atingiu-o no peito e lançou-o ao chão, com tal força que caiu desmaiado. Widolt continuou cavalgando e desprezou, como butim de guerra, o valioso escudo de Wittich, pois era tão bruto e tolo que não soube reconhecer seu valor. Só confiava na sua barra de ferro.

Logo depois os outros apareceram na perseguição aos russos. Heime divisou Wittich caído, como se estivesse morto. Dois sentimentos opostos lutavam dentro dele, o pesar e a antiga raiva. Desmontou, apanhou a espada Mimung, tornou a montar e galopou célere para ganhar a dianteira de todos.

A noite desceu e a batalha terminou. Apenas dois guerreiros combatiam numa luta encarniçada, um pouco afastados do campo de batalha. Dietlieb ignorara a proibição de seguir para a batalha, pois não queria ficar em casa para adestrar dois rapazes, que ainda eram crianças, no manejo da espada. Vestiu a armadura e partiu atrás do exército. A certa altura deparou com um cavaleiro solitário que se perdera. Dietlieb acreditou ser um russo, pois já era quase noite e ambos os cavaleiros haviam baixado a viseira. Não ouviram os sons das trompas, que anunciavam o toque de recolher, e bateram-se com duros golpes. Pouco faltou para que aquele combate tivesse um fim sangrento e triste, pois os dois não eram inimigos, e um dos dois ou mesmo os dois poderiam pagar com a vida por semelhante engano.

O conde Rüdiger saíra à procura de seu amigo e companheiro de armas Biterolf, reconheceu-o e também reconheceu Dietlieb.

— Mas o que é que vocês estão fazendo, seus loucos! — gritou ele. — Se não erguerem imediatamente as viseiras, derrubo o capacete de vocês dois.

Surpresos com essas palavras, os dois pararam e tiraram os capacetes. E não é que se tratava de pai e filho! Perplexos e abalados com a loucura que deles se havia apoderado, abraçaram-se e beijaram-se, felizes pelo reencontro depois de tantos anos, desde que Dietlieb havia partido contra a vontade paterna para oferecer seus serviços ao rei Dietrich.

Os combates cessaram. O silêncio pairava sobre o campo de batalha. No dia seguinte, de manhã, Oserich cavalgou sobre o campo de batalha para contar os mortos. Encontrou Wittich, que continuava desacordado, e reconheceu-o pelo brasão do escudo. Ficou contente por ter como butim o escudo, o capacete e a espada forjada pelo famoso ferreiro Wieland. Mas a espada Mimung não estava lá, por mais que a procurassem. Oserich bateu furioso os pés no chão, gritando para que encontrassem a espada antes que os hunos voltassem, mas tudo em vão. A espada não foi encontrada.

Enquanto os homens procuravam a espada, viram Wittich abrir os olhos e olhar aturdido à sua volta. Depois começou a gemer e a pedir água. Portanto estava vivo. Era um prisioneiro valioso, pelo qual podiam pedir elevado resgate. Colocaram-no numa maca e carregaram-no juntamente com o exército russo, que batia em retirada, até que chegaram à capital do reino da Rússia, onde o prenderam num torre.

À festa dos vencedores faltava alegria. A ausência do herói Wittich, que muitos julgavam morto, pesava no ânimo de todos. Wildeber e seu primo Isung, que tocava flauta quando não empunhava a espada, eram os que estavam mais abalados. Os dois não haviam perdido a esperança de que Wittich estivesse vivo, pois seu corpo não fora encontrado no campo de batalha, por isso ele só poderia ter sido aprisionado por Oserich.

Quando Dietrich pediu a Isung que tocasse algo alegre para animá-los, ele retrucou:

— Não consigo, senhor. Os sons da minha flauta não darão alegria a ninguém, somente dor. A tristeza que sinto por Wittich confrange-me o coração. Em vez de tocar flauta, prefiro disfarçar-me e viajar até reino dos russos para descobrir se Wittich ainda está vivo. Conceda-me, senhor, a permissão para procurá-lo.

— E a mim dê-me permissão para acompanhá-lo — secundou-o Wildeber. — Nós dois queremos procurar Wittich.

Dietrich aprovou os planos dos dois companheiros e prometeu-lhes uma rica recompensa se encontrassem Wittich e outra, maior ainda, se o trouxessem vivo para casa.

Sem perda de tempo, os dois partiram e durante o caminho acertaram os detalhes de seu plano. Antes de chegarem à cidade dos russos, compraram uma pele de urso e Wildeber vestiu-a. E assim entraram na cidade, Isung fazendo-se passar por um saltimbanco e Wildeber por um urso dançarino amestrado, que divertia a todos com seus passos desajeitados. Pernoitaram numa taverna e o pobre urso teve de dormir no celeiro, mas Isung, não conseguindo conciliar o sono no duro banco que lhe ofereceram, foi fazer companhia ao urso. À noite e na manhã do dia seguinte Isung fez várias perguntas ao taverneiro e soube que Wittich estava vivo e preso na torre. O rei, como diziam, ainda estava indeciso entre matá-lo ou trocá-lo por um bom resgate.

À noite, Isung e Wildeber elaboraram um plano para libertar Wittich. No dia seguinte o saltimbanco e seu urso dançarino dirigiram-se para a praça defronte da torre. Isung tocava músicas alegres em sua flauta e o urso acompanhava-o em seus passos engraçados, o que atraiu o povo, e em pouco tempo formou-se um grande ajuntamento. Não demorou muito e o rei Oserich ficou sabendo o que acontecia ali. Acabara de retornar com seus mastins de uma caçada na qual planejara matar um urso, mas não obtivera sucesso. O rei sentiu-se tentado a satisfazer ao seu anseio frustrado caçando aquele urso amestrado. Atiçou pois os mastins contra o urso, o que poderia tornar-se uma brincadeira perigosa porque Wildeber não estava armado. Isung jogou-se aos pés do rei, rogou-lhe que chamasse seus cães de volta, porque o urso era um animal de inestimável valor e a sua única fonte de renda. Além disso também era perigoso, pois ele poderia acabar matando seus valiosos cães de caça.

Mas o rei apenas riu diante desses rogos e ficou vendo como os cães agrediam o urso, mordendo-lhe o pêlo. Mas o próprio Wildeber tinha a força de um urso, e com fortes golpes das patas vários cães caíram ao chão com a espinha e a cabeça quebradas, ficando evidente para todos os presentes que o urso era dotado de força extraordinária. Os mastins nada podiam contra ele, pois Wildeber estava protegido das mordidas graças ao grosso pelo. Os cães sobreviventes esgueiraram-se ganindo, com os rabos entre as pernas.

Mortificado com o que via, o rei empunhou a espada e avançou contra o urso. Mas antes disso o selvagem Widolt, que estava ao lado do rei, pegou sua barra de ferro e resolveu acabar com o urso. Então aconteceu algo inacreditável: o urso arrancou a barra de Widolt e bateu-lhe com tamanha força na cabeça que ele tombou morto, soltando um berro horrendo, como se fosse o próprio urso.

Tudo isso estava fora dos planos de Isung e Wildeber, mas eles buscaram tirar proveito da situação. Quando um segundo homem de Oserich recebeu um golpe com a barra e o urso raivoso se voltou contra o rei, todos perceberam que se tratava de um animal de força e astúcia fora do comum — talvez fosse até um demônio. Então o povo apavorado saiu correndo em todas direções.

Os dois cavaleiros aproveitaram o momento, correram em direção à torre e atracaram-se com os guardas, que fugiram assustados. Wildeber arrebentou o portão com a barra de Widolt e ali encontraram Wittich. Wildeber tirou a pele de urso e Wittich vestiu-a para que ninguém desconfiasse da fuga.

Agora só faltavam os cavalos. Mais uma vez a sorte estava do lado deles. O estábulo não ficava longe dali, e nele Wittich reencontrou, encantado, seu maravilho garanhão Cíntilo, que relinchou alegremente, reconhecendo seu dono apesar do disfarce. Pegaram mais dois outros garanhões e saíram dali a todo galope.

Quando chegaram junto ao exército de Dietrich, todos receberam-nos com gritos de júbilo, felizes ao verem Wittich, ainda com a pele de urso e apenas com a cabeça de fora. Dietrich abraçou o companheiro, que já julgava perdido, derramando lágrimas de alegria. Prometeu a metade de seus reinos a Wildeber e a Isung por seus atos heróicos, o que era naturalmente apenas uma maneira de falar que muitas vezes os poderosos costumam empregar quando querem dizer que nenhum presente é suficientemente valioso para demonstrar sua gratidão.

Apenas Heime permaneceu à parte, pois quando Wittich se queixasse da perda de sua valiosa espada Mimung ele teria que devolvê-la, coisa que não admitia. Acalmava sua consciência afirmando que a espada era um espólio do campo de batalha. Não cederia esta espada à Wittich.

Enfim, quando Dietrich resolveu retornar ao seu reino com seus companheiros e foi despedir-se de Átila, encontrou na corte do rei huno a bela jovem Herat, filha da rainha Helke. Pela primeira vez em sua vida seu coração palpitou de amor, e ele decidiu pedi-la em casamento, pois também Herat gostou do grande cavaleiro. Veio-lhe então o pensamento de como seria bom ter uma vida pacífica ao lado da mulher amada, depois de tantas lutas e perigos.

Mas por enquanto isso ainda não iria acontecer. Seu destino era continuar ligado ao soberano dos hunos. Não foi por muito tempo que Dietrich ficou sem lutar. Logo chegaram notícias de que os russos retornavam, dessa vez com fortes aliados do norte, povos que viviam às margens do mar Báltico, súditos do rei Hermit. Tal era o destino dos guerreiros hunos, que submeteram ao seu jugo tantos povos e depois eram constantemente atacados e ameaçados por outros povos, fazendo com que a guerra nunca tivesse fim.

Também dessa vez Átila pediu a Dietrich para ajudá-lo com seus valentes cavaleiros. Ele pedia mas ao mesmo tempo exigia, pois Dietrich, como tantos outros soberanos, era obrigado pelo juramento de vassalagem oferecer ajuda militar ao suserano em caso de guerra. E assim partiram de novo para a guerra. Lutaram em muitas batalhas até que os inimigos bateram em retirada. Coberto de cicatrizes e feridas, Dietrich regressou com seus fiéis companheiros e seu exército junto com o exército dos hunos para o castelo de Etzel, como era chamada a fortaleza de Átila.

Mas ainda não era dessa vez que ele conseguiria retornar ao seu próprio reino. Novas desgraças o impediram de lograr o seu intento. Seu tio e imperador de Roma, Ermanarich, cobiçou o reino da Lombardia com sua florescente capital Berna, que mais tarde foi denominada Verona. Ermanarich tinha um gigantesco exército e uma fortuna enorme. Os comandantes de seu exército, num assalto de surpresa, conquistaram o cobiçado reino.

A notícia alcançou Dietrich no momento em que ele pretendia preparar-se para partir. Antes porém queria pedir a Átila a mão da jovem Herat em casamento. Átila concordou com o pedido cordialmente e aconselhou-o:

— Você realizou importantes serviços para mim, Dietrich de Berna, e é com prazer que lhe concedo a mão de minha filha. Quanto ao vosso retorno, aconselho-o a desistir, pois não terá condições de enfrentar o poderio militar de Roma. Mas prometo-lhe que um dia, com a ajuda de meu exército, você regressará ao trono da Lombardia.

E assim Dietrich de Berna tornou-se um rei sem reino e continuou vivendo entre os hunos com sua mulher Herat. Foi com os hunos também que mais tarde teve de lutar contra os burgúndios e venceu o temido Hagen por causa do desejo de vingança da rainha Cremilde.

A velhice de Dietrich e a reviravolta na vida de Heime

O destino ainda reservava muitas peripécias ao herói Dietrich de Berna. Os anos se passavam e parecia certo que ele teria uma velhice tranqüila ao lado de sua mulher Herat.

Mas isso não aconteceu. Quando Dietrich se encontrava ausente de seu reino, Ermanarich, o imperador de Roma, guerreou contra ele instigado pelo seu chanceler Sibich. Após duras batalhas, na qual perdeu muitos guerreiros, Dietrich conseguiu recuperar a soberania sobre seu reino, conquistar Roma e tornar-se imperador.

Com essa árdua guerra Dietrich envelheceu. O cabelos lhe embranqueceram e seus melhores companheiros morreram. O primeiro a ir ao encontro da morte foi um de seus mais velhos companheiros, o mestre-de-armas Hildebrando. No seu castelo, às margens do lago de Garda, ao lado de sua mulher Ute e já velho, não suportou as seqüelas das inúmeras feridas resultantes dos inúmeros combates que enfrentou. Não morreu no campo de batalha como desejava, mas em sua cama. Dietrich, inconsolável, chorou no seu enterro.

Um após outro, seus companheiros o abandonaram. Uns partiram em busca de novas aventuras, outros tombaram em combate, e alguns ainda ficaram velhos e cansados e não queriam mais empunhar a espada. Mas a maioria morreu na sangrenta batalha em Ravena, na qual Ermanarich, imperador de Roma, foi derrotado e morto. E de outros não se sabe o que lhes aconteceu. Assim, um após outro, o soberano foi perdendo seus companheiros. Mas a morte mais dolorosa foi a de sua amada Herat, a única a quem seu coração se entregara.

O único dos companheiros que com ele continuou até a morte foi o rude Heime, mas mesmo assim Dietrich o perdeu de vista por muitos anos.

Muito rancoroso por ter-se sentido rejeitado por Dietrich devido à suas brigas e desavenças com Wittich, filho de Wieland, Heime abandonou o seu senhor. Colocou a sela em Rispe, partiu a galope e por muito tempo não se ouviu falar mais dele.

Inquieto e incapaz de encontrar um senhor a quem quisesse servir, tornou-se um cavaleiro andante e também, infelizmente, um salteador. Na região onde vivia era temido como um gigante ou um dragão, ou mesmo como um monstro, por causa de sua selvageria e de sua extraordinária força. Perdera a esperança de um dia reencontrar seu amado senhor, e isso entristecia-o e amargurava-o de tal maneira que ele ia ficando cada vez mais selvagem e maldoso.

Mas chegou o dia em que se arrependeu de todos os seus crimes: decidiu fazer penitência e tornar-se monge.

Cavalgou dias seguidos até que encontrou um mosteiro. Apeou do cavalo, bateu à porta e pediu para falar com o abade.

— Chamo-me Luís e venho do reino da Lombardia, onde servi ao nobre rei Dietrich. Mas ele me expulsou por causa de uma desavença, tornei-me um criminoso e hoje estou arrependido de meus atos. Por isso, senhor abade, peço-lhe que me aceite neste mosteiro ao lado dos piedosos irmãos, para que eu sirva apenas a Deus e nunca mais caia em tentação.

O abade olhou-o desconfiado e indeciso, pois bem via que tinha à sua frente um homem de força descomunal, e nunca se sabe o que esse tipo de gente pode fazer se seu pedido não for satisfeito.

— Veja o meu maravilhoso garanhão — continuou Heime —, minha armadura e minhas armas. Coloco tudo isso aos seus pés. O senhor poderá transformar o meu cavalo em animal de tração ou de carga, minhas armas em guarnição de portas, utensílios de cozinha ou ferramentas. Eu lhe obedecerei de acordo com as regras desta ordem.

Mais confiante, o abade tomou a mão do estranho e levou-o para o interior do mosteiro, onde ele, antes de ser ordenado, viveria sob o nome de irmão Luís. Todos o estimaram por sua humildade e perderam o temor que sua extraordinária força lhes inspirava.

Passado algum tempo, um sujeito enorme e intratável surgiu na região e começou a dizer que a terra onde estava situado o mosteiro era sua e que portanto o mosteiro também lhe pertencia. Por isso queria que os monges sumissem e fossem todos para o inferno, porque pretendia morar no mosteiro. Acrescentou ainda, em tom de troça, que se houvesse um monge para enfrentá-lo num duelo e o vencesse, então eles podiam ficar com o mosteiro. Tinha certeza de que aqueles religiosos, desafeitos ao combate, não lhe aceitariam o desafio. Ele era também um terrível combatente, pois matara todos os oponentes que haviam ousado enfrentá-lo. Seu nome, entretanto, não ficou famoso.

O abade e seus monges ficaram tristes e desanimados, pois não sabiam o que fazer. Foi então que o irmão Luís se apresentou e disse que iria partir para o combate. Contudo não tinha nem cavalo e nem armas. Seu garanhão Rispe estava magro e consumido pelo trabalho no estábulo junto a três outros cavalos, e com o ferro das armas de Luís o abade havia mandado fazer uma porção de ferramentas e guarnições para a porta da igreja.

Heime ficou irritado quando ouviu isso e disse:

— Mostrem-me o que restou de minhas armas e tragam os cavalos que vocês têm no estábulo.

Eles trouxeram os cavalos. No primeiro Heime deu um murro no flanco e ele caiu. No segundo fincou as mãos sobre a espinha do animal e esta quebrou-se como madeira. Trouxeram o terceiro cavalo, ele saltou nas costas e o animal e este caiu de joelhos. Então trouxeram o quarto cavalo, que era grande e velho. Heime puxou-lhe as crinas com toda a força e o garanhão não se mexeu. Puxou-lhe o rabo e o animal continuou imóvel. Esmurrou-lhe os flancos, mas o garanhão só mexeu a cabeça, como se estivesse rindo. Então Heime gritou:

— Este é o meu garanhão Rispe, eu bem o sabia!

E, ouvindo-lhe o nome, Rispe relinchou de alegria e esfregou a cabeça nos ombros de seu senhor. E foi como se desabrochasse: já não era um animal de carga, mas um maravilhoso garanhão do haras de Studa, pai de Heime.

Em seguida Heime, a quem todos os monges chamavam irmão Luís, pegou uma vara de ferro do porão, onde havia uma porção de peças jogadas, e cavalgou em direção à floresta. Pois o gigante havia dito que esperaria o seu oponente numa clareira da floresta. Os monges tremiam pela vida dele e temiam pelo destino do mosteiro.

Mas não precisaram ficar assim por muito tempo. Quando Heime voltou, trazia na cabeça um capacete todo estourado e cheio de sangue e empunhava um belo escudo. O capacete e o escudo eram de seu oponente, que agora estava morto na floresta.

Os monges uniram-se em gritos de júbilo, louvando a Deus e ao forte irmão Luís, e ofereceram grandes honras a Heime. Mas ele continuou vivendo quieto e modesto como os demais monges. Só pediu que a espada que havia conquistado não fosse transformada em guarnição de porta. O abade acedeu-lhe ao pedido.

A última aventura

Um dia ouviram-se batidas na porta, cujas guarnições haviam sido feitas com pedaços da espada do irmão Luís. Um cavaleiro batia com o punho de sua espada e o som repercutia fortemente no interior do mosteiro. Os monges esconderam-se temerosos, porque os tempos eram violentos e o perigo por que haviam passado recentemente tornara-os timoratos. O irmão porteiro abriu apenas uma portinhola e viu um cavaleiro de cabelos brancos trajando cintilante armadura.

— Desejo falar com o irmão Heime. Por favor, peça ao seu abade que me mande o irmão Heime.

— Não existe nenhum irmão com esse nome — respondeu o porteiro.

— Diga ao seu abade, peço-lhe, que reúna todos os seus piedosos irmãos e me deixe entrar. Quero ver se reconheço Heime.

— Então me diga primeiro quem você é — retrucou o porteiro.

— Eu sou aquele a quem chamam de Dietrich de Berna — foi a resposta. — Estou a procura de Heime, meu fiel e infiel companheiro, e ouvi dizer que ele está neste mosteiro. Vá depressa, irmão porteiro, pois não gosto de esperar.

O porteiro avisou o abade e este, espiando pela portinhola, viu que o estrangeiro era realmente Dietrich de Berna. Deixou-o entrar e chamou os monges para que se apresentassem ao rei. Entre eles estava Heime, escondido atrás do último irmão. Mas ele era uma cabeça maior que este, e Dietrich reconheceu-o imediatamente, apesar de trajar o hábito de monge e ter uma longa barba cinzenta.

— Irmão — disse-lhe Dietrich —, você é Heime, meu velho companheiro, o melhor de todos. Não me reconhece?

— Eu não me chamo Heime — respondeu ele, teimoso.

— Heime! — exclamou Dietrich. — Você virou criança? Lembre-se dos velhos tempos, quando éramos jovens e combatemos lado a lado.

— Eu não sei de nada. O senhor deve estar me confundindo com outra pessoa — respondeu Heine com voz intranqüila.

— Lembre-se do dia em que me derrubou da sela porque meu cavalo era mais fraco que o seu. Lembre-se de quando me trouxe Falke, o melhor garanhão do haras de teu pai!

— Nada sei sobre isso — disse Heime. — Nunca o vi antes. — Dietrich percebeu uma lágrima escorrendo pela face do velho monge.

Agarrou-o pelos ombros e pelos braços e sacudiu-o, gritando:

— Nenhum homem no mundo, exceto você, tem estes braços fortes e estes ombros largos. Foi por isso que o reconheci. Heime, perdi todos os meus companheiros. Eles estão todos mortos ou espalhados pelo mundo. Perdi minha mulher e Hildebrando, meu velho mestre-de-armas. Sou um poderoso soberano, mas um homem solitário, e como soube que você vivia num mosteiro, fiquei com tanta saudade de você que resolvi procurá-lo. E agora que o encontrei você se afasta de mim? Não me deixe mais aqui como pedinte, meu velho! Venha comigo e vamos viver juntos nossos últimos dias! Heime não conseguiu conter-se por mais tempo: caiu nos braços de Dietrich e disse-lhe:

— Eu fugi dos homens, pois não queria mais viver entre patifes e fracos. Procedi mal e vim para cá a fim de me redimir. Mas como o senhor me chama, meu rei, quero segui-lo. Deixe-me apenas pegar Rispe, que está no pasto, a espada, o capacete e os despojos que peguei de um malvado, e então irei com o senhor para onde o senhor quiser.

Em seguida despediu-se dos monges e do abade, que não quiseram intrometer-se, e partiu com Dietrich, seu senhor.

Chegaram a uma região montanhosa, onde morava um gigante maior e mais terrível que todos os outros gigantes e monstros de que falam as lendas e que amedrontava os habitantes de toda a região. Dizia-se também que ele guardava um tesouro preciosíssimo, tão velho e tão valioso quanto o tesouro de Nibelungo, que estava no fundo do rio Reno e que nunca

mais fora visto. Quando Dietrich e Heime aproximaram da entrada da caverna onde vivia o gigante, ouviram o ronco ensurdecedor do monstro.

Os dois começaram a discutir para saber quem entraria na caverna e lutaria com o gigante. Disseram-se muitas palavras boas e também muitas palavras duras. Por fim Heime convenceu-o:

— Você é um soberano e tem deveres para com os seus súditos. Por que colocar sua vida em risco por causa de um monstro perverso? Sua vida é valiosa, a minha não.

E com essa palavras entrou na caverna, postou-se em frente ao gigante adormecido, que era o maior de todos que já havia encontrado. Cutucou-o com o pé e gritou:

— Vamos, seu gigante, levante-se e defenda-se. Quero lutar com você!

O gigante virou-se para o outro lado, bocejou e deu uns estalos com a língua. Depois disse:

— Dê o fora, anãozinho. Não estou com vontade de lutar, quero dormir.

— Vou lhe mostrar quem é anãozinho aqui, seu patife! -respondeu Heime, fora de si. — Se não se levantar imediatamente e se defender, vou fazer você dormir para sempre.

— Olhe aqui, pequeno, você ouviu eu dizer que quero dormir. Poderia matá-lo com um golpe, mas você tem sorte: estou com preguiça. Venha outra hora.

Essas palavras deixaram Heime ainda mais fulo de raiva.

— Se você é tão covarde, arrebento-lhe a cabeça enquanto estiver dormindo, seu animal! — gritou, avançando em direção ao gigante. Mas aí este também se enfureceu. Levantou-se de um pulo, empunhando uma longa e pesada barra de ferro com a qual costumava dormir. Antes que Heime pudesse recuperar-se do espanto ao ver o gigante levantar-se tão rapidamente, a barra atingiu-o com tanta força que ele caiu morto no mesmo instante.

Esse foi o primeiro combate de sua vida em que foi o perdedor. Já estava muito velho ao ser derrotado pela primeira vez.

A cavalgada em direção aos deuses

Dietrich esperava lá fora o retorno de Heime, e quando percebeu que seu último companheiro perecera, foi tomado por grande tristeza. Mas logo em seguida passou da tristeza à cólera.

Desembainhou a espada e entrou na caverna onde o gigante, satisfeito, se deitara novamente para dormir. Dietrich deu-lhe um violento pontapé, o monstro virou-se, grunhindo e mal-humorado, e piscou os olhos para o intruso.

— Você matou Heime, o meu melhor companheiro! — gritou Dietrich gritou. — Vai me pagar por isso. Levante-se e defenda-se!

O gigante, que se mostrava mais cordial após a vitória contra o primeiro oponente, retrucou:

— Levante-se e defenda-se: foi o que disse o anãozinho anterior, e teve que engolir isso. Dê o fora, senão vai lhe acontecer a mesma coisa!

— Levante-se e defenda-se — insistiu Dietrich. — Juro-lhe que não matará mais ninguém!

— Ele perturbou o meu sono, por isso que ele recebeu um golpe na cabeça. Tenho culpa se ele tinha uma cabeça tão mole? — E dizendo isso o gigante levantou-se, com uma agilidade que não poderia admitir-se num corpo tão disforme. Segurou com as duas mãos a barra de ferro manchada com o sangue de Heime e vibrou um terrível golpe em direção ao homem que lhe perturbara o sono. Dietrich, no entanto, era mais ágil que Heime. Desviou-se do golpe e com um único golpe separou a cabeça do tronco do gigante. Assim Dietrich vingou a morte de Heime.

Mas quando saiu da caverna não se sentiu alegre pela vitória. Voltou e carregou o cadáver do companheiro para fora. Com sua espada abriu uma vala e ali depositou o corpo. Ao lado da sepultura colocou a espada que havia pertencido a um outro monstro e não lhe havia dado sorte. Jogou terra sobre a cova e saiu cavalgando, perdido em tristes pensamentos.

A tristeza não cedia. Seus pensamentos de pesar concentravam-se em Heime, o último de seus fiéis companheiros, e nos demais que com ele lutaram e por ele morreram. Não percebeu que a noite estava ficando negra e que nuvens prenhes de chuva se amontoavam no céu. O ar estava terrivelmente abafado. "Ah, quisera que os deuses me levassem desta terra!", suspirava ele.

Chegando à margem de um rio, sentiu necessidade de refrescar o corpo com um banho. Apeou-se do cavalo, tirou a armadura e as roupas e pulou na água. Depois de se refrescar voltou à margem e percebeu que seu garanhão já não se encontrava onde o havia deixado. Olhou em volta, mas não o viu mais. Nunca isso lhe havia acontecido antes.

— Também você me abandonou? — gritou angustiado.

Nesse momento um cervo com uma grande galhada apareceu na orla da floresta, orgulhoso e belo como igual jamais ele havia visto outro. Brilhava-lhe o pêlo marrom-escuro, quase negro. Extasiado, Dietrich olhou fixamente para o maravilhoso animal. "Mesmo se tivesse o dardo ou o arco nas mãos" — ele murmurou para si mesmo — "nunca tentaria matá-lo, pois para mim você é como um mensageiro dos deuses".

Mal sussurrou essas palavras, o cervo olhou-o com seus olhos grandes e negros, como se o tivesse entendido, e foi-se aproximando dele cada vez mais. Confiante, o cervo, como se fosse o garanhão mais querido de Dietrich, esfregou a cabeça nos seus ombros. Como num sonho, Dietrich pulou para as costas do animal, que imediatamente saiu trotando, levando-o cada vez mas rápido através da floresta. Por fim corria a tal velocidade que o cavaleiro não via nem ouvia mais nada. Percebeu então que voavam acima das copas das árvores, e assim teve a certeza de que os deuses lhe haviam atendido ao pedido: libertavam-no da terra e levavam-no para junto deles.

Nunca mais ninguém o viu. Os historiadores, contudo, afirmaram mais tarde que ele foi o maior soberano de Roma desde os tempos do grande César e chamaram-lhe Teodorico, o grande.

A SAGA DE SIEGFRIED, O MATADOR DE DRAGÕES, DO TESOURO DE NIBELUNGO E DA VINGANÇA DE CREMILDE

A juventude de Siegfried e os anos de aprendizagem

O pai de Siegfried, chamado Siegmund, era rei de uma terra plana, coberta de urzes, não longe da embocadura do Reno, e vivia num castelo perto da colônia romana de Xanten. Ele pertencia à linhagem real dos Wölsung, que descendiam diretamente dos deuses. Sua espada, a melhor do mundo, chamava-se Balmung e fora dada de presente nos primórdios dos tempos por Wotan, o pai dos deuses, aos ancestrais da casa dos Wölsung. Essa espada passava de pai para filho, de geração a geração, sempre através do primogênito, e era uma peça muito rara: ninguém mais era capaz de forjar arma igual. O garanhão do rei Siegmund era o mais nobre de todos os cavalos e chamava-se Sleipnir. Era um gigantesco corcel branco, como o que Wotan cavalgara no seu último combate.

O rei Siegmund e sua mulher Sieglinde tinham apenas um filho, Siegfried.

Desde cedo demonstrou ter força sobre-humana. Nunca nenhum menino foi tão forte como ele. Nas lutas corpo a corpo derrubava os oponentes com tanta violência que alguns até quebravam uma costela, e por isso ninguém queria enfrentá-lo. Nem um urso era mais forte que ele. Quando cresceu, também venceu todos os adultos no pugilato, até que seu pai o proibiu de lutar. Mas ele próprio não queria mais lutar porque, por natureza, era de boa índole e apenas ficava furioso

quando o irritavam. Também vencia a todos na corrida e no salto. Os visitantes admiravam-no e divulgavam seus feitos nos reinos vizinhos. Assim, tanto se falou sobre ele que as pessoas balançavam a cabeça, incrédulas, quando ouviam falar sobre suas façanhas.

Um mestre-de-armas foi contratado para ensinar-lhe a esgrima e outro para adestrá-lo no arco e flecha. Em pouco tempo tornou-se um mestre no manejo da espada, mas não se acostumou com o arco, pois distendia-o tanto com seus longos braços que, mesmo sendo feito de corno de touro selvagem ou de teixo, quebrava-o. Disse então:

— Não tenho vontade de matar um animal ou mesmo um inimigo de longe. Prefiro lutar com ele frente a frente.

Todos os servos tinham medo de Siegfried e faziam um grande desvio para não encontrá-lo; também as criadas o temiam, mas não sabiam por quê. Até os pais começaram a sentir-se inquietos na sua presença e assim resolveram mandá-lo para algum lugar a fim de que aprendesse um ofício. Lembraram-se então do anão Mime, que dominava a arte da metalurgia, a mais respeitada de todas as artes, como nenhum outro ferreiro. Sua oficina ficava numa caverna, bem no meio da floresta, longe dos seres humanos. Foi para lá que mandaram Siegfried, o qual seguiu feliz o seu caminho, pois antevia aventuras.

E aventuras não lhe faltaram na vida, aventuras excitantes, extraordinárias, famosas e por fim terríveis e tristes.

Chegou com seu bordão de peregrino à entrada da caverna do pequeno Mime, havia já algum tempo guiado pelo som do martelo sobre a bigorna. Mime, quando viu o jovem, pediu para seus companheiros interromperem o trabalho e disse:

— Que novas você está trazendo para o velho Mime, jovem amigo?

— Se você é Mime, então estou no lugar certo — respondeu Siegfried. — Meu pai, o rei Siegmund de Xanten, manda-me para que você me ensine a arte da metalurgia.

O homenzinho gostou do gigantesco rapaz e disse-lhe:

— Por mim está bem, preciso mesmo de um bom aprendiz. Mas primeiro quero ver se você é suficientemente forte, pois um ferreiro deve ter muita força.

Isso soou como uma piada para Siegfried e talvez o fosse mesmo, pois de longe adivinhava-se a força do rapaz. Ele riu, apanhou um martelo e golpeou com tanta violência a bigorna que esta se fendeu e o martelo partiu-se.

— Vai ter que consertar isso — disse Mime, irritado —, do contrário não sairá daqui.

Assim Siegfried tornou-se aprendiz de ferreiro. Ele tinha boa vontade e queria aprender. Apenas quando os companheiros resolviam divertir-se às suas custas, pois provocar e dizer gracinhas para o mais jovem entre eles era costume em todas as oficinas, perdia a paciência e esmurrava-os de tal maneira que Mime era obrigado a interferir. Siegfried aceitava as repreensões sem reclamar, pois gostava muito do velho.

A região em que estava situada a caverna de Mime era povoada por vários tipos de homúnculos, como gnomos, duendes e faunos, e entre eles havia muitos que dominavam artes estranhas, cujos segredos guardavam a sete chaves, em especial a arte de fabricar jóias em ouro, prata e cobre. Mime era o mestre de todos.

Siegfried já era aprendiz havia mais de um ano, aprendera a forjar lâminas de espadas, escudos, capacetes e machados, quando um dia pediu a Mime:

— Velhinho — pois era assim que Siegfried o chamava —, ensine-me também as outras artes.

— Que outras artes? — perguntou Mime, desconfiado e fazendo-se de desentendido.

— É possível fabricar objetos com ouro e prata — prosseguiu Siegfried — e fazer desenhos e símbolos sobre eles. Também se pode entrelaçar fios bem finos em formas delicadas para fazer anéis, fivelas e colares .

— Meu rapaz, que besteira você está falando! — disse Mime. — Olhe para as suas patas!

— Como assim? — perguntou Siegfried.

— Ha! Ha! — riu Mime. — Pegue essa sementinha e segure-a entre o polegar e o indicador. Muito bem, agora quebre-a em quatro partes iguais com seus grossos dedos e depois cada uma dessas partes novamente em quatro. Está vendo? Não consegue. Deixe esse trabalho para os que possuem dedos delicados, e não patas de urso.

Siegfried foi obrigado a concordar, mas continuou:

— Então quero aprender a preparar poções mágicas que fazem com que uma pessoa fique alegre ou triste, ou sabida, ou então que um fraco fique forte ou um feio, bonito.

— Quem meteu esses absurdos na sua cabeça? Para aprender isso você tem que ir para junto das velhas feiticeiras, pois um honesto ferreiro não é capaz de ensinar tais coisas. Ha! Ha! Vai ser bem engraçado! O forte Siegfried metido entre fabricantes de venenos, não podendo ir ao combate por estar sentado. frente ao caldeirão, a cozinhar sapos!

— Está bem — disse Siegfried. — Mas um capuz para tornar-me invisível, isso eu quero. Deve ser divertido pregar peças em alguém com um capuz desses.

— Mas onde você ouviu essas coisas? Sabe acaso o que está falando? — perguntou Mime, irritado.

— Dizem que alguns de seus anões têm tais capuzes — insistiu Siegfried. — Será que é difícil fazer um capuz desses?

— Seu grosseiro, não nos chame de anões! — protestou Mime. — Nós, filhos de Nibelungo, podemos ser pequenos, mas não somos anões!

— Desculpe, Velhinho, não foi por maldade. Ah! Então vocês se dizem filhos de Nibelungo? E quem é Nibelungo?

— Quantas perguntas você faz, até parece uma criancinha! Nibelungo foi o senhor destas terras há mil anos e possuía um imenso tesouro de ouro e pedras preciosas. Naquela época as pessoas eram todas pequenas, e nós somos descendentes delas. Qual a origem do tesouro? Ninguém sabe. Provavelmente, os deuses. Mais alguma pergunta?

— Sim, Velhinho. Quem são os deuses? Dizem que o tesouro ainda existe e que um monstro que cospe fogo toma conta dele. Isso é verdade?

— Olhe aqui, eu não posso voltar ao momento da criação do mundo e explicar-lhe quem são os deuses. Os deuses são os deuses, e acabou-se! Mas eles não existem mais. Morreram numa batalha. Todo mundo sabe disso.

— A quem pertence o tesouro agora? E quem é esse monstro?

— Como todo mundo sabe — continuou Mime —, o tesouro não pertence mais aos deuses porque os deuses já não existem. Porém... a quem pertencerá? Talvez àquele que esteja sentado sobre ele: Fafner.

— Você sempre diz: como todo mundo sabe — queixou-se Siegfried. — Mas eu não sei nada, sou muito ignorante, tenho que ficar tateando no escuro para descobrir alguma coisa. Ninguém me diz coisa alguma. Se não me ensinarem ao menos as coisas mais importantes, serei tão inútil e tolo quanto um gigante!

A história do tesouro de Nibelungo

Derrotado, Mime levantou as mãos para o céu e contou:

— Está bem. Os deuses Wotan, Loki e um outro andam por aí e chegam a uma cachoeira. Eles estão com fome. Vêem uma lontra com um gordo peixe na bocarra. Querem o peixe, então matam a lontra e comem o peixe. Retiram a pele da lontra, e quando retomam o caminho, surge um homem que começa a lamuriar-se:

"Otter, meu filho, vocês mataram meu filho Otter!"

O homem chama-se Reidmar e tem três filhos: Otter, Regin e Fafner. Todos três são feiticeiros muito maldosos, e Otter descobrira que um tesouro muito grande, exatamente o tesouro de Nibelungo, estava escondido debaixo da cachoeira, e por isso transformara-se numa lontra. Ali ficara sentado e quebrando a cabeça para descobrir um meio de chegar até o tesouro, guardado por um anão muito raivoso chamado Andwar, que vivia no local sob a forma de peixe. Então Otter foi morto pelos deuses, os deuses cometeram uma injustiça, um assassinato, coisa que nunca acontecera antes, e assim ficaram submetidos a Reidmar. A justiça estava do lado de Reidmar. Naquela época a justiça estava acima dos próprios deuses.

— Que bons tempos aqueles! — exclamou Siegfried.

— Para libertar-se, tinham que pagar um resgate em ouro — continuou Mime. — Tanto ouro quanto coubesse no pêlo de Otter. E só havia uma solução: o tesouro de Nibelungo, que estava debaixo da cachoeira. Um dos deuses, o mais esperto, pede emprestado ao gigante marinho Egir a sua rede. Com ela tentam pegar o peixe que guarda o tesouro, mas em vez do peixe cai na rede o anão Andwar! Há mais de mil anos ele protege o tesouro, que pensa ser seu. Os deuses obrigam-no a dar-lhes o tesouro e colocam-no dentro do pêlo da lontra. Andwar começa a praguejar e a amaldiçoar tão terrivelmente que todos sentem calafrios, e o eco de seus gritos chega até o céu. Apesar de tão pequeno, sabe lançar terríveis maldições. Uma injustiça fora cometida contra ele, e era por isso que sua maldição tinha tanta força. Amaldiçoa os deuses, amaldiçoa aqueles que agora possuem o tesouro e amaldiçoa todos os que um dia o possuirão. Que suas vidas fossem marcadas pelo horror e pela atrocidade! Após ter lançado todas essas pragas e consumido sua raivosa alma de anão, tomba morto.

— Eis uma história engraçada — disse Siegfried, ao mesmo tempo que sentia um calafrio.

— Não há nada de engraçado — retrucou Mime. — Uma maldição é uma maldição, e aquela logo depois se cumpriu. O tesouro não deixou em paz os dois outros filhos de Reidmar, Fafner e Regin, que eram feiticeiros e sujeitos perversos. De tanta cobiça mataram o pai a pauladas para conseguir o tesouro. Fafner era mais forte, pois Regin não passava de um anão, e gritou-lhe: "Tire a mão daí!", expulsando-o em seguida de casa. Depois levou o tesouro para bem longe e escondeu-o na sua caverna, que ficava bem no interior de uma região selvagem. Fafner guardou o tesouro, arreganhou os dentes e cuspiu fogo. Sua cobiça e sua raiva eram tão venenosas que tinha o hálito fétido, e assim acocorado acabou assumindo lentamente sua verdadeira forma, um horrendo monstro, um terrível dragão. E é assim que ele ainda é hoje. Quem se aproxima é feito em pedaços e ninguém mais tem coragem de andar por aquelas paragens. Ele fede tanto que seria possível encontrá-lo seguindo apenas o fedor, mas ninguém tem coragem de fazer isso. Apenas o ludibriado Regin ronda por ali, lamuriando-se, rangendo os dentes e pensando unicamente na vingança. Essa é a história.

Assim Mime terminou sua longa fala, acrescentando ainda:

— Aquele que quiser possuir o tesouro precisa ter muita coragem e força, e os deuses devem amá-lo muito. Entretanto, depois que for dono do tesouro, não será mais amado pelos deuses, mas estará perdido e melhor fora que nunca tomasse posse dele.

O combate contra o dragão

A história que Mime contou deixou Siegfried intrigado. "É difícil deslindar todas essas coisas. Há anões, feiticeiros, deuses e monstros em demasia. Quem conseguirá entender isso?", pensou.

Dias depois, Siegfried disse a Mime:

— Velhinho, já está na hora de eu ter a minha própria espada, não acha?

Mime acariciou a longa barba, que lhe chegava até a cintura, e respondeu:

— Não, não acho. Veja, apenas desatinos são cometidos com espadas. Contudo, é nosso ofício fabricá-las, quer queiramos, quer não. E os homens não querem passar sem elas, para poder exterminar-se uns aos outros. Mas, se tem de ser assim, então que seja: mostre que é capaz de fazer a obra-prima. Forje a espada sem a minha orientação e depois veremos.

Siegfried pôs mãos à obra. Escolheu as peças que iria trabalhar, atiçou as brasas e martelou. Labutou dia e noite. Tencionava fazer uma espada tal qual a espada Balmung. Sempre partia ao meio a lâmina que estava malhando, porque ela não era suficientemente resistente. Apenas a sétima lâmina saiu como ele queria. Depois disso trabalhou com afinco no grifo até que este também saiu a contento e realmente ficou semelhante à espada do pai.

Chamou os companheiros da oficina e pediu-lhes, um após outro, para testarem sua obra. Seria grato àquele que conseguisse parti-la, porque então faria outra melhor ainda. Todos se aproximaram da bigorna e sobre ela descarregaram a espada com toda a força, mas ela não se partiu.

Então Siegfried amolou a lâmina até que ficasse bem afiada. Quando achou que estava boa, pegou um punhado de lã, dirigiu-se a um riacho e jogou a lã na água, de forma que fosse levada pela correnteza em direção à lâmina. O punhado de lã tocou na lâmina e dividiu-se ao meio. Então Siegfried teve certeza de que fizera um bom trabalho. Também Mime ficou admirado e disse:

— Ótimo, meu rapaz, é a sua obra-prima. Agora você terminou a aprendizagem.

Em seguida, Siegfried arrumou suas coisas e despediu-se de todos. Não disse uma palavra sobre o que pretendia fazer, mas Mime o sabia. Foi atrás dele, puxou a ponta de seu casaco e disse:

— Ouça, meu rapaz, e preste bastante atenção. Se você conseguir conquistar esse tesouro ou qualquer outro, lembre-se da maldição de Andwar e jogue-o imediatamente num rio, no lugar mais fundo. Será a melhor coisa a fazer.

Depois subiu a uma grande pedra, ergueu-se na ponta dos pés e beijou Siegfried em ambas as faces.

Siegfried foi-se embora, andando a passos largos e concedendo-se poucas horas de sono. Caminhou dias seguidos com o nariz para cima, farejando para sentir o fedor do monstro, pois sabia que depois só precisaria segui-lo para encontrar-se frente a frente com Fafner, o dragão. Certo dia ouviu um alto relincho e o ruído de cascos e — vejam só! — um enorme garanhão branco veio trotando até ele, esfregando e bufando, alegre, sua bela cabeça no peito de Siegfried. O rei Siegmund morrera em Xanten e seu garanhão Sleipnir saíra correndo do estábulo para procurar o jovem senhor, encontrando-o graças à sua inteligência e fidelidade, que era superior à dos homens. A alegria do reencontro foi grande, e Siegfried o abraçou e beijou.

Daí em diante a viagem foi mais rápida, e então chegou o dia em que, primeiro, Sleipnir levantou irritado a cabeça, resfolegando e batendo com os cascos no chão; pouco depois Siegfried também percebeu a fedentina que o vento trazia. Haviam chegado a uma região deserta e inóspita, pantanosa e nevoenta, onde nem mesmo ursos e lobos tinham coragem de aparecer. Gemendo, o vento varria o pântano e a vegetação de arbustos. Bandos de corvos e gralhas grasnavam em vôos desorientados por sobre o cavaleiro. Parecia-lhe que estivessem gritando : "Tome cuidado!". Mas ele apenas riu.

Quando o mau cheiro tornou-se insuportável, Siegfried desmontou e deixou Sleipnir ali, dizendo:

— Bom Sleipnir, você não tem uma espada nem condições de defender-se do malvado Fafner.

Hesitante, o garanhão acompanhou-o, mas ao anoitecer perderam-se de vista. Siegfried sentiu que chegava mais perto de seu adversário.

Então viu o monstro de longe, no momento em que ele se arrastava em direção à água. Não se assemelhava a nenhum animal que tivesse visto antes. Tinha uma cabeça de contornos

humanos terrivelmente feia, presa a um pescoço muito longo, com uma crista vermelha que se estendia pelas costas. O tronco era disforme e coberto de escamas, e ele se locomovia ora arrastando-se de barriga, ora por meio de umas perninhas de lagarto, armadas de fortes garras. O longo rabo em riste, verdadeiro chicote escamado, estava pronto para golpear impiedosamente com seu duro ferrão na ponta. O monstro agitava o rabo de um lado para outro numa raiva incontrolada, como se quisesse apunhalar o vento e a neblina. A minúscula cabeça fixou-se em Siegfried, que sentiu o sangue congelar-se de pavor, pois o que via era o rosto de um ser humano deformado em horrenta carantonha. O monstro, no entanto, era cego, não conseguia ver seu adversário.

Arrastou-se em pequenos solavancos, com suas perninhas de lagarto, em direção à aguada e logo depois ouviu-se o monstro chapinhando e sorvendo ruidosamente a água. Então ocorreu a Siegfried a idéia de como enfrentá-lo. Mais tarde o combate entre Siegfried e Fafner foi muito glorificado, o que, entretanto, não corresponde à verdade. Siegfried planejou um ardil, embora, para realizá-lo, também fossem necessários muita coragem e um braço bem forte. Correu sobre o rastro deixado pelo monstro no meio dos detritos. Ali havia uma porção de buracos, rachaduras e fendas. Pulou para dentro de uma cova, apanhou algumas folhagens e cobriu a cabeça; depois desembainhou a espada, segurou-a com as duas mãos com a ponta voltada para cima e ficou esperando, encolhido.

Não precisou esperar muito. Como um lento desmoronar de terra, o monstro arrastava-se pela trilha escalvada e comprimida, por onde havia muito costumava locomover-se. Seu cheiro asqueroso e sulfúreo quase fez o jovem perder os sentidos. Depois Fafner, ofegante e encharcado de lama, caiu sobre ele, que, com todos os sentidos à flor da pele, localizou o pequeno coração de sapo que pulsava como um fole e ali enfiou com a sua gigantesca força a espada Balmung. Sentiu a dureza da couraça que sua espada perfurava: nenhuma outra teria conseguido isso, mas Balmung mergulhou até o punho nas viscosidades do interior do monstro. Então ecoou um urro ensurdecedor e o monstro caiu de lado; um jorro de sangue saiu da ferida e encheu a cova. Siegfried quase se afogou, mas rapidamente saltou para fora e viu como Fafner rolava de um lado para o outro, golpeando com a cauda e enfiando o aguilhão em todos os buracos. Viu também como era corrosivo o veneno que o monstro destilava, pois o chão ardia em brasas.

Então o urro animalesco que, na agonia, o monstro emitia foi-se transformando em gritos humanos, num choro e numa voz que balbuciavam palavras ininteligíveis. Por fim também isso cessou, a movimentação do tronco foi-se acalmando e apenas o aguilhão ainda expelia veneno, como nos últimos momentos de um escorpião. Depois, a pequena cabeça caiu de encontro ao chão.

Lá estava o ousado vencedor, que dali por diante seria conhecido pelo nome de Matador de Dragões, banhado, lambuzado do sangue do monstro. Apenas um ponto nas suas costas havia ficado seco, porque a folha de uma tília se colara no local — o que, mais tarde, seria a causa de sua fatalidade.

A espada ainda estava em sua mão; limpou a lâmina, mergulhando-a na terra. Então viu aproximar-se um ser que lhe pareceu um gnomo, pois mal lhe chegava à altura dos joelhos, velhíssimo e todo enrugado como uma raiz ou uma maçã podre, mas com uma cabeça imensa. Ligeiro, o velho esgueirou-se até o corpo do monstro, tocando em todos as partes e soltando risadinhas.

— Pobre irmãozinho — disse numa vozinha esganiçada —, enfim o pegaram, você esticou as botas! Um grande herói acabou com você! Meu rico tesourinho, agora você é meu. Muito grato, senhor Siegfried, como um deus o senhor acabou com ele, ninguém mais seria capaz disso. Mas agora, rápido, tire o coração, o coração de meu irmão. Vou fritá-lo, ele vai me dar poderes mágicos e sabedoria para que eu decida o

que fazer com o tesouro... — Assim continuou falando e rindo por algum tempo.

Siegfried apenas riu da idéia de o malvado decidir o que fazer com o tesouro. Curioso, resolveu retirar o coração perfurado, embora este ainda batesse e resistisse; um calafrio percorreu a espinha do herói, coisa que nunca antes lhe havia acontecido.

O homúnculo agarrou o coração e escondeu-o em seu casaco. Então Siegfried perguntou:

— Mostre-me onde há um lago para que eu possa tomar banho, pois estou todo lambuzado de sangue.

— Não, nada de banho — ganiu o homenzinho. — Deixe o sangue secar no corpo; armadura melhor que essa você não encontrará. Ela o protegerá contra qualquer espada, qualquer lança. Passe mais sangue do irmãozinho Fafner no corpo, é o que lhe aconselho. Mas você deve fritar o coração do irmão, meu jovem herói; isso confere sabedoria e a gente ficará sabendo o que os pássaros conversam entre si. É aqui que eu moro.

Tinham chegado diante de uma rocha escondida por denso matagal, no qual se via uma estreita entrada, como o covil de uma raposa, que levava para o interior da caverna. Lá dentro havia um fogão e em cima dele um panela de ferro.

— O quê? Quer que eu frite o coração? — perguntou Siegfried indignado. — Por acaso está pensando em comê-lo? O coração de seu irmão? Bem, você é quem sabe, seu vagabundo, eu vou procurar o tesouro!

— Ah! Fiquei tão cansado com tudo o que aconteceu — lamentou-se o velho enrugado — que não consigo mais ficar de pé. Meus olhos fecham-se de sono. Estou desconsolado. Afinal era meu irmão. Faça isso por mim, eu lhe peço. Nada de mal lhe acontecerá.

Assim implorando, o velhinho atirou o coração de Fafner na panela, acendeu o fogo e foi deitar-se na cama, começando a roncar no minuto seguinte.

Balançando a cabeça, Siegfried ficou de cócoras frente ao fogo, ouvindo a gordura chiar na panela. Depois de algum tempo espetou o coração, que começava a fumegar, com a ponta da espada e tirou-o da panela para dar-lhe uma lambida: talvez houvesse mesmo alguma magia ali.

Mas o gosto era horrível, e ele cuspiu tudo. Repentinamente ouviu um trinado de vozes acima de sua cabeça, que repetia muitas vezes as mesmas palavras: "Tome cuidado! Tome cuidado! Tome cuidado!". Um bando de gralhas saiu voando, depois de algum tempo voltou novamente e Siegfried ouviu-as dizer: "Mate-o! Mate-o! Mate-o!".

Percebeu imediatamente que elas se referiam ao mágico Regin, o anão adormecido. No meio do sono Regin havia voltado o rosto para Siegfried, e de repente aquele rosto era igual à carantonha do monstro morto, apesar de pequeno e enrugado ser o rosto de Fafner. Siegfried sentiu-se dominado pelo nojo. Com o pé desvencilhou o coração frito da ponta da espada e silenciosamente desceu a lâmina sobre o pescoço do anão. A cabeça separada do tronco rolou pelo chão e em pouco tempo o corpo desfez-se e apodreceu como folhas secas, galhos decompostos, restando um punhado de lama e lixo e nada mais.

Atordoado, Siegfried sacudiu-se. Estava morto de sono e logo caiu num sono profundo. Nem percebeu que o fiel Sleipnir veio trotando e ficou ali em frente tomando conta de seu senhor.

Quando acordou, mal restavam vestígios do anão morto: apenas um pouco de escarro e lama, além do casaco e do capuz. Siegfried passeou os olhos pela caverna, mas nada havia que ele quisesse, a não ser uma coisa: o capuz, que tornava a pessoa invisível. Apanhou-o. Também o tesouro de Nibelungo, que Fafner guardava, era agora seu; mas por muito tempo não soube o que fazer com ele.

Siegfried em Worms

Gunther, Gernot e Giselher, os filhos de Gibbich, herdaram a coroa da Burgúndia, mas apenas Gunther, por ser o mais velho, cingiu-a. Ele governava o país de seu castelo em

Worms. A caçula da família era Cremilde, uma menina excepcionalmente bela.

Uma noite ela teve um sonho horrível.

Havia amestrado um falcão, ao qual se dedicava integralmente e a quem amava muito. Não havia falcão mais belo e orgulhoso do que aquele de seu sonho, feito de ouro e bronze, os olhos de dois topázios brilhantes, garras tão afiadas como as de um leão, forjadas em ferro. A elegância de seu vôo ao pairar no céu de um azul profundo e na amplidão de seu quarto deixava a princesa extasiada. Nunca havia visto um falcão voar daquela maneira: ninguém, nem mesmo um deus, seria capaz de voar com tanta nobreza e tanta força.

Mas lá em cima, no céu negro sem estrelas, surgiram duas aves de rapina, tão grandes como corcéis, como dois astros sem luz. Então acontece algo terrível: como duas lanças, um raio duplo, as aves de rapina atacam com atroz violência o amado falcão, prendem-no com suas garras, perfuram seu corpo com os bicos, revolvem sua carne, rasgam-na e a desfazem a bicadas .

O falcão amado revira-se no ar várias vezes, dobra-se sobre si mesmo, mas as duas aves continuam atacando-o, encarniçadas. Um grito de lamento, um grito humano sai de sua garganta, como o de uma criança torturada. À medida que ele despenca, jorra de suas feridas uma chuva de sangue que inunda o quarto de Cremilde, sangue vermelho-escuro, quente e adocicado, numa quantidade que nenhum ser vivo tem em seu corpo.

A menina ficou fora de si, acordou com seu próprio grito de medo, banhada em suor. Acreditava estar mergulhada no sangue de seu falcão e debatia-se para chegar à margem. Todos acudiram ao ouvir-lhe os gritos, criadas, damas e também sua mãe Ute, para acalmá-la. Mais tarde alguns riram do sonho, achando-o meio maluco, mas outros sentiram-se um tanto incomodados.

Muitas vezes Cremilde lembrou-se desse sonho pavoroso.

Cremilde, quando teve o sonho, já não era nenhuma criança, mas soluçara tão amedrontada como uma menininha. Era uma moça lindíssima, mas também modesta e virtuosa. Todos no reino da Burgúndia, e também nos reinos vizinhos, lhe comentavam a beleza e a virtude. Sua fama, passada adiante de boca em boca, era tanta que todo rei ou príncipe desejoso de casar-se logo pensava na princesa da Burgúndia como a mulher ideal e a mais cobiçável.

Também a Nederlândia, na cidade e no castelo de Xanten, chegou a notícia de que Cremilde da Burgúndia, irmã do rei Gunther, era a mais bela dentre as belas, e Siegfried pensou que a conquista dessa virgem lhe traria fama e honra. Mas além disso havia o desejo de combater e viver aventuras. Mal havia passado algum tempo após a luta com o dragão e a conquista do tesouro — e já quase se esquecera disso. Também ser rei de um pequeno país não tinha para ele nenhuma importância. Seu desejo, mesmo, era viajar em busca de terras distantes, por isso pediu ao fiel anão Alberico para guardar o tesouro de Nibelungo e disse à mãe, Sieglinde, que queria ir para Worms subjugar o reino da Burgúndia e casar-se com a princesa Cremilde. Solicitou à mãe que governasse o reino durante sua ausência, pois que ele mesmo não tinha nenhuma vontade de fazê-lo.

Sieglinde suplicou-lhe que ficasse e se tornasse um rei sábio e justo, em vez de meter-se em aventuras sem fim, pois já não era um rapaz. Mas Siegfried respondeu:

— Mais tarde, mãe querida, mais tarde serei com prazer um rei sábio e justo, porém não agora.

Então a mãe suplicou-lhe para partir à frente de um exército, já que pretendia conquistar a Burgúndia, pois com seu imenso tesouro de ouro e prata poderia ter os guerreiros que quisesse. Mas também isso pouco o interessava: não queria comandar exércitos, e sim tornar-se um herói.

— Querida mãe — retrucou Siegfried —, não sei fazer nada com um exército. Partirei apenas com doze cavaleiros escolhidos, meus amigos. Com eles tenho certeza de que conquistarei a Burgúndia.

E nada o fez mudar de opinião. Partiu a cavalo, junto com os cavaleiros escolhidos a dedo, e tomou a direção de Worms.

Logo se espalhou por todos os lugares a notícia de que o príncipe Siegfried, o Matador de Dragões, estava a caminho de Worms para conquistar o reino da Burgúndia. A notícia chegou também aos ouvidos de Gunther e de seus cavaleiros, mas eles não a levaram a sério: como poderia um herói, mesmo corajoso e forte, vir apenas com doze cavaleiros para conquistar um reino defendido por muitos homens corajosos e fortes?

Enfim, Siegfried e seu esquadrão chegaram diante do portão do castelo de Worms.

— Vamos receber cordialmente o herói, o Matador de Dragões, e, por causa de sua fama, oferecer-lhe hospitalidade e selar a nossa amizade — resolveu Gunther. E dirigiu-se ao portão com seus irmãos Gernot e Giselher e um séquito para receber os hóspedes.

O séquito real era formado por cavaleiros que haviam provado seu valor em muitos combates: à frente de todos Hagen de Tronje, o Colérico, de estatura avantajada, que nunca sorria mas sabia usar a espada como nenhum outro; Ortwin de Metz, um pouco rechonchudo, responsável pelo cerimonial e também pelas estrebarias; Volker de Alzey, que sabia tanger as cordas do alaúde tão bem quanto manejar a espada, além de cantar tão divinamente que as mulheres caíam por ele; Guntram de Bingen, Dankwart, Wolfhart, Manfredo, os príncipes Gernot e Giselher, o mais jovem de todos, e muitos outros.

Quando Gunther estacou diante de Siegfried e seus cavaleiros, ofereceu-lhe boas-vindas e perguntou-lhe quem era e o que desejava. Logo perceberam que a curiosa notícia espalhada antes da chegada de Siegfried não era falsa.

— Diz a lenda — começou Siegfried, obstinado e de cabeça erguida — que aqui no castelo de Worms vivem cavaleiros fortes e corajosos. É com eles que quero medir a minha força. O próprio rei da Burgúndia deve combater-me, colocando em jogo o seu reino. Se eu vencer, ele deverá tornar-se meu vassalo e o reino da Burgúndia será meu.

De Cremilde e da pretensão de pedi-la em casamento nada disse, porque não sabia ao certo como fazê-lo. Pensou: "Isso resolverei mais tarde, quando for rei e Gunther meu vassalo".

Palavras assim nem Gunther nem os cavaleiros jamais haviam ouvido antes: não estavam preparados e perderam a fala. Perplexos, entreolharam-se, e por um momento reinou um silêncio constrangedor. Ninguém sabia o que retrucar. Por fim Ortwin de Metz abriu a boca, pois afinal de contas era o responsável pelo cerimonial:

— Senhor cavaleiro, ainda não nos disse quem é.

— Eu sou Siegfried de Xanten, e chamam-me o Matador de Dragões — respondeu Siegfried, orgulhoso. — Devem conhecer-me.

— Nós ouvimos falar de você — retrucou Ortwin. — Mas não o conhecemos pessoalmente. Se é o príncipe Siegfried de Xanten, seja bem-vindo como nosso hóspede! Vamos rir todos juntos de vosso gracejo.

— Não é um gracejo e logo perderão a vontade de rir! — bradou Siegfried.

De novo todos mergulharam num silêncio constrangedor. Então Gernot resolveu tomar a palavra:

— Somos homens pacíficos, mas se lutarmos haverá sangue, membros decepados e lágrimas de mulheres. Pense nisso, nobre príncipe. Nós o temos em alta estima. Qual o sentido dessa disputa ? Aonde isso deverá levar?

Gunther continuou a fala de seu irmão:

— É verdade, príncipe Siegfried, aonde levará tudo isso? Seu reino é grande, belo e rico. O meu também. O que quer ainda? Você tem mais fama que qualquer outro guerreiro, desde os dias em que grandes heróis morreram diante de Tróia. Para que quer mais?

Então foi a vez de Giselher, o mais jovem, quase uma criança. Chegou com seu garanhão bem perto de Siegfried e tomou-lhe a mão.

— Nenhum de nós deseja ter por inimigo um herói como você. Venha para o castelo, Matador de Dragões, para descansar e restaurar-se. Temos vinhos que lhe vão dar água na boca. Vamos sentar-nos juntos à mesa, comer e beber, depois caçar na floresta de Oden, participar de torneios... Belas mulheres vão acompanhá-lo de suas janelas...

E assim continuou falando. Siegfried ia-se sentindo cada vez mais embaraçado, pois não contava com tamanha cordialidade. Por fim, disse:

— Se é assim, vamos deixar esse assunto para outra ocasião. A hospitalidade que me oferecem, eu a aceito com alegria. Desmontar, rapazes!

Os cavaleiros que acompanhavam Siegfried desmontaram e esticaram as pernas, felizes ante a boa hospitalidade de que iriam gozar. Quando entraram no castelo, ficaram indecisos quanto a depor as armas, o que só fizeram após um gesto de Siegfried. Um banquete e um alegre brinde selaram o estranho acontecimento daquele dia.

A batalha contra os saxões

Álacres banquetes e muitas festas seguiram-se depois disso e, de um dia para outro, o Matador de Dragões esqueceu-se de suas intenções belicosas. Num instante conquistou todos os corações, principalmente o do jovem Giselher, que o admirava com entusiasmo. Apenas o carrancudo Hagen de Tronje ficou à parte e afastou-se de todas essas festividades. Havia torneios, lutas e caçadas. Muitas vezes Siegfried tinha de fingir-se derrotado para não mortificar seus anfitriões. Quase sempre desconfiavam disso, mas mesmo assim gostavam do que viam.

Porém as mulheres, como era costume naquela época, só conviviam entre si e não participavam das pândegas, dos jogos ou das caçadas; apenas espiavam pelas janelas de seus quartos quando ocorriam as divertidas competições. De sorte que Cremilde não aparecia nunca e Siegfried em vão tentava encontrá-la. Mas fazia-o furtivamente, não querendo perguntar onde estava a jovem princesa; principalmente não queria confessar que viera por causa dela, e protelava a decisão acreditando que o momento certo ainda chegaria.

Ela ficava escondida à janela, espreitando o famoso hóspede e perguntando-se: "Será ele o maravilhoso falcão que foi dilacerado por duas malvadas aves de rapina?". Mas, horrorrizada, logo afastava esse pensamento, que talvez não passasse de uma tolice.

Um dia, vindos da outra margem do rio, apareceram dois rapazes de aspecto rústico. Levantaram as mãos para avisar que eram mensageiros e estavam desarmados. Não disseram seus nomes. Não eram nobres, nem cavaleiros, parecendo mais vagabundos de estrada. Queriam falar com alguém "que fosse importante" e assim foram levados à presença de Ortwin, que os escutou.

— Aproxima-se um exército de cem mil homens, mais cem mil e mais uma vez cem mil, exigindo livre passagem pelo reino da Burgúndia. Os comandantes são dois reis, Lüdiger e Lüdegast. Se a passagem não for concedida, o reino da Burgúndia será arrasado.

Ortwin, furioso ao ouvir isso, mandou sovar os dois homens e colocá-los em seu bote. Quando chegaram à outra margem, praguejaram alto e brandiram os punhos num gesto de ameaça.

Ortwin apresentou seu relatório e decidiu enviar espiões aonde presumivelmente estava estacionado o exército estrangeiro para descobrirem, sem ser aprisionados, se era verdade o que os dois mensageiros relataram. Já se espalhara o boato de que um grande exército de saxões e dinamarqueses estava a caminho para encontrar uma região onde pudessem se estabelecer. Quando os espiões voltaram, confirmaram a existência do exército, mas esclareceram que não era nem de longe do tamanho anunciado pelos dois homens: tudo não passara de fanfarronice. A seu ver, eram cerca de três mil homens.

— Há muito tempo não vemos guerras — disse Gunther, pensativo —, e não temos condições de mandar mil homens para o campo de batalha.

— Não se preocupe, rei Gunther, e também os senhores não precisam se inquietar — disse Siegfried, rindo. — Três mil homens não é muito. Eu me encarrego de mil, os meus doze cavaleiros acabam com mais mil e os outros mil ficam para vocês. Acho que não vai haver problemas.

Os fidalgos não gostaram de ouvir que seus hóspedes eram combatentes muito melhores do que eles. Hagen gritou, zangado:

— Mas que é isso? Se Siegfried acaba com mil, eu também acabo com outro tanto!

Gunther pediu para ele acalmar-se, pois não queria brigas, e afirmou que todos sabiam que Hagen era o melhor cavaleiro do reino.

Mesmo assim ficaram contentes pela batalha e pelo fato de Siegfried, o Matador de Dragões, que valia por mil inimigos, estar do lado deles. Siegfried solicitou apenas a autorização de partir à frente com seus doze cavaleiros: pretendia assaltar de surpresa os exércitos saxões e dinamarqueses. E foi o que aconteceu.

Menos de mil cavaleiros burgúndios atravessaram o rio em seus barcos, mas quase todos bem armados com capacete e couraça, espada e lança. Já do outro lado, e bem adiante, cavalgavam Siegfried e seus doze homens. Ao atingirem uma elevação, viram na planície o exército inimigo, barraca ao lado de barraca; com toda certeza eram muito mais que três mil, provavelmente dez mil. Os espiões deviam ter visto apenas a vanguarda.

Esse fato não incomodou o herói, que como um vendaval cavalgou bramindo com seus homens planície abaixo e caiu sobre as tendas, espalhando medo e pavor. Como cunha de ferro penetrando madeira podre, assim os cavaleiros deitavam abaixo fileiras de tendas, ceifando homens que mal conseguiam chegar até onde estavam suas armas, pois já patinhavam no próprio sangue. Siegfried percebeu, sem saber como, onde estava um dos reis inimigos, Lüdiger ou Lüdegast, não importava qual. Galopava num pesado cavalo em sua direção, um gigante forte como um touro de capacete e armadura. Mas, apesar de tão forte, no primeiro embate foi atirado ao chão. Siegfried saltou do cavalo e gritou para o adversário levantar-se e preparar-se para a luta à espada; mas ele levantou o braço ao reconhecer o Matador de Dragões à sua frente, depositou a espada no chão e suplicou pela vida.

Enquanto isso a tropa dos burgúndios chegava, caindo sobre os inimigos e não lhes dando tempo de se organizar para a batalha. Golpeavam-nos como se estivessem abrindo caminho a facão no meio de uma floresta emaranhada. Hagen matou os seus mil, como mais tarde se comentou, e Siegfried também, assim como seus cavaleiros. E tantos foram os mortos que não foi possível contá-los.

Siegfried percebeu onde estava o outro rei, pois tinha um sexto sentido para as façanhas, e encontrou Lüdiger ou Lüdegast (para ele era a mesma coisa, os dois se pareciam como gêmeos). Desafiou-o para o combate singular, mas dessa vez o adversário não reconheceu quem estava à sua frente e lutou corajosamente. O combate foi rápido e logo o rei encontrou a morte.

Apesar de tudo, o número de guerreiros que o vendaval burgúndio ainda não havia alcançado era muito grande, e se eles soubessem como era reduzido o exército adversário, lutariam na certeza da vitória. Mas tateavam no escuro e deviam achar que os atacantes eram em número equivalente. A batalha prolongou-se por muito tempo. Siegfried arremetia contra as fileiras inimigas sem descanso, para liquidar os mil guerreiros conforme havia prometido; entretanto, não os contava e é possível que abatesse muitos mais.

Por fim os sobreviventes tiveram que admitir a inutilidade de qualquer resistência e puseram-se em fuga. O campo estava coberto de cadáveres e o chão exalava vapores de sangue. Ninguém sabia onde estava o rei que pedira mercê a Siegfried e ninguém perdeu tempo procurando-o; que ele conduzisse os destroços de seu exército para onde bem entendesse, pois contra a Burgúndia com toda certeza não se arriscaria mais. Siegfried chamou seus homens, dos quais não faltava nenhum, e os burgúndios também se reuniram. Sem perda de tempo, voltaram para casa e, embora cansados, sentiam-se felizes e tagarelas.

Quem cavalgava ao lado de Siegfried? Giselher, o menino. Estava respingado de sangue, mas não do seu, e lutara bravamente. Metera-se às escondidas no meio do exército, pois tanto Gunther como sua mãe, Ute, haviam-lhe proibido ir para a batalha.

— É verdade que você matou um dragão? — perguntou o menino.

— De nada sei — respondeu Siegfried muito sério, a custo abafando o riso.

— É verdade que conquistou o tesouro de Nibelungo? — continuou o menino.

— De nada sei — foi novamente a resposta.

— É verdade que um anão de nome Alberico guarda seu tesouro?

— De nada sei.

— Siegfried, é verdade que tem um capuz que o torna invisível?

— De nada sei — retrucou Siegfried mais uma vez, esforçando-se para não cair na gargalhada.

— Então tudo isso é verdade! — concluiu o menino.

A festa da vitória

Quando os vencedores chegaram em casa, foram muito festejados. Siegfried foi o primeiro a receber os louros da vitória. Mesmo Hagen teve de admitir que fora Siegfried e não ele quem matara o maior número de inimigos, provavelmente o dobro. Como honrar tal herói, como mostrar gratidão? Oferecendo ouro e prata, belos garanhões e armas? Isso nada representava para ele, que era dono do tesouro de Nibelungo, com o qual poderia ter tudo de valioso.

— Só há uma maneira de lhe prestarmos a nossa homenagem — disse Hagen ao rei. — O banquete deve trazer-lhe tanta alegria e seu coração bater tão forte como em nenhum outro momento de sua vida. Convide sua irmãzinha Cremilde, juntamente com as donzelas, para o banquete em honra do homenageado e deixe que a jovem lhe apresente a face para o beijo de boas-vindas e ofereça-lhe a taça da amizade.

Naquela época não era costume as nobres senhoras participarem do banquete da vitória dos rudes e impetuosos guerreiros, mas, se eram convidadas, a solenidade ganhava um brilho especial. As mulheres eram consideradas tão meigas, virtuosas e delicadas que não podiam misturar-se aos homens quando estes se entregavam a suas pândegas e bebedeiras. Na presença delas os homens continham os arroubos e moderavam as conversas.

Quando Cremilde soube ter sido escolhida para oferecer ao Matador de Dragões a face para o beijo de boas-vindas e a taça com vinho, ficou surpresa. Seu coração palpitou, pois às escondidas, de sua janela, já havia visto e admirado muitas vezes o herói e maravilhara-se com suas façanhas. Ficou tão assustada e excitada que pensou até em desistir; nunca antes sua timidez fora posta à prova dessa maneira. Mas mesmo assim obedeceu, pois não havia outra alternativa. Sob a orientação rigorosa da mãe, a rainha Ute, as criadas vestiram e enfeitaram a moça. Também as outras jovens nobres foram vestidas, enfeitadas e penteadas, pois todas deveriam apresentar-se mais belas do que nunca.

Assim foram retirados das arcas vestidos e trajes valiosos de seda e veludo, tudo em grande quantidade, pois durante todos aqueles anos de paz e também nos de guerra muita riqueza fora acumulada no castelo de Worms. Havia profusão de bordados a ouro e jóias delicadamente trabalhadas, a esperar nos estojos que uma bonita donzela os usasse como adorno. Mãos ligeiras cortaram os panos e costuraram a noite inteira. Ourives e modistas, tirados quase à força da cama, fabricaram à última hora fivelas, braceletes, tiaras, pois muitos adornos haviam-se estragado misteriosamente. Mas isso acontece mesmo com as coisas que a gente deixa guardadas por muito tempo: de repente, quando queremos usá-las, estão danificadas como se por artes de algum malvado duende!

Entre todas, era Cremilde quem levava mais a sério todo esse ritual de embelezamento, apesar de suas constantes e repetidas afirmações de que o amor não lhe interessava... Provou no mínimo vinte vestidos, até que encontrou o que queria, contestando uma ou outra vez as opiniões da mãe Ute. Experimentou também mais de cem broches, braceletes, colares e cordões de ouro, até se decidir por aqueles que mais ressaltavam sua graça. Por fim todas as criadas que estavam à sua volta acharam que nunca antes estivera tão radiante e que ela era realmente a mais bela do reino.

O cerimonial exigia o seguinte: mãe Ute e Ildinha — ou Idiko, como também era chamada às vezes na intimidade — deveriam entrar solenemente no salão, bem devagar e silenciosas, de cabeça baixa. Ao entrarem, os valetes deveriam posicionar-se formando uma passagem com as espadas desembainhadas, que naturalmente não eram de verdade. As duas mulheres iriam ao encontro do herói caminhando por entre as alas, e uma taça de vinho seria colocada nas mãos Cremilde. Não, primeiro ela deveria oferecer sua face para o beijo de boas-vindas e só depois apresentaria a taça ao hóspede. Ele a beijaria e em seguida beberia o vinho... Seria uma glória! E de fato foi assim que tudo aconteceu.

Antes de as mulheres entrarem no salão, ouviram-se alegres sons de alaúde, flautas e outros instrumentos de sopro.

Gunther estava sentado no trono, vestido de veludo e brocado, com a coroa da Burgúndia na cabeça e a espada sobre os joelhos. Ao redor postavam-se seus mais fiéis guerreiros, talvez mais de cem, que ocupavam a metade do salão; na metade restante estavam os guerreiros Nibelungo, como daí em diante ficaram conhecidos os guerreiros de Siegfried — como se Nibelungo não fosse um tesouro, e sim um reino.

Todas essas disposições haviam sido prescritas por Ortwin, que era o responsável pelo cerimonial.

A música cessou e ouviu-se um toque de fanfarras; as portas do salão foram afastadas, soou outro toque de fanfarras e os valetes entraram atabalhoados, tropeçando uns nos outros, para formarem as alas. Posicionaram-se lado a lado, com as pernas afastadas e as espadas de madeira baixadas.

Depois apareceram as damas numa nuvem de trajes cintilantes, trazendo consigo uma onda de perfumes que flutuou no ar. Era como se as portas dos céus tivessem sido abertas para que graciosos anjos descessem ao salão. As determinações de Ortwin não haviam sido inteiramente respeitadas, pois na frente de todas deveria estar Cremilde, seguindo-se-lhe as damas. É que a mãe Ute dera outras ordens, só para fazer valer sua vontade, e também porque desprezava as extravagâncias de Ortwin. Assim a rainha e Cremilde acabaram indo ao encontro do hóspede no meio de todas as damas. Não era possível distingui-las muito bem, embora se destacassem por trajar os mais belos vestidos e ter na cabeça delicadas coroas, como se fossem sílfides. E Cremilde, realmente, parecia uma sílfide. Também não baixavam tanto a fronte como as outras, posto que as não levantassem demais a ponto de denotar orgulho excessivo.

Fora assim que a senhora Ute planejara tudo.

Novamente, do balcão, ouviu-se música de alaúde, charamela, flauta e tambor.

Gunther levantou-se, entregou a espada a Ortwin e foi ao encontro da mãe e da irmã, seguido pelos dois príncipes Gernot e Giselher. Obstinada, Cremilde sussurrava para si mesma que nenhum herói teria acesso a seu coração; não queria saber de amores. Suas mãos estavam úmidas de nervosismo; tentava lembrar-se das palavras que deveria pronunciar e que a mãe Ute lhe havia repetido várias vezes.

Continuou sozinha até chegar diante de Siegfried. Precisou levantar a cabeça para fitá-lo; e os olhos dela, que pareciam duas estrelas, encontraram os de Siegfried. Percebeu que as faces do herói ficaram coradas, assim como as dela própria. Depois, embaraçados, ambos baixaram os olhos. Enquanto todos esperavam em silêncio, ela murmurou, recobrando a coragem:

— Seja bem-vindo, Siegfried, nobre e intrépido herói!

Então ele tomou uma atitude inesperada: ajoelhou-se, fazendo com que os rostos dos dois quase ficassem na mesma altura.

Angustiada, ela pensou: "Agora preciso levantá-lo, mas para fazer isso tenho que tocá-lo!". E, totalmente desorientada, esqueceu o que tinha a dizer, pois devia agradecer-lhe por suas façanhas heróicas na batalha. Mas o fato de ele ter-se ajoelhado calou fundo em seu coração.

Siegfried então se ergueu e um dos cavaleiros, Guntram de Bingen, entregou a Cremilde a taça de vinho. Cremilde, feliz por poder fazer algo, entregou-a a Siegfried, que a sorveu de um trago. Só então se lembrou do que mais temia — e a seqüência estava incorreta, ao menos segundo as ordens de Ortwin —, mas naquele momento o temor havia desaparecido. Após Siegfried ter devolvido a taça, ela lhe ofereceu a face para o beijo cortês; para beijá-la o herói teve que abaixar-se muito, e Cremilde ainda lhe apresentou a outra face, que ele também beijou.

Gunther aproximou-se de Siegfried e disse-lhe:

— Este, nobre príncipe Siegfried, é o nosso agradecimento pelas façanhas que realizou no campo de batalha em defesa da Burgúndia. E, se lhe agrada, seja o par de minha irmã durante a festa. Confio-a a você.

Em seguida todos se sentaram à mesa para o banquete da vitória, regalaram-se e beberam à vontade, mas de um forma

mais contida e decente do que quando estavam sozinhos: afinal, tinham que respeitar as damas presentes. Mesmo assim a alegria era grande e o banquete se estendeu por horas. Siegfried e Cremilde, sentados lado a lado, trocavam de vez em quando tímidas palavras ou seguravam-se acanhados as mãos. Vieram mágicos e bufões, e um número cada vez maior de músicos. Lá fora o povo também festejava a vitória, como sempre gostava de festejar em qualquer oportunidade.

Altas horas, a senhora Ute fez sinal para Cremilde, que se levantou rápido e teve dificuldade em esconder o estado de desorientação e vacilação em que se encontrava; havia bebido mais vinho que de costume. Rapidamente deixou o salão e atrás dela seguiram as demais damas.

Bem mais tarde Gunther disse a Siegfried, enrolando a língua devido à quantidade de vinho que emborcara:

— Escute, meu irmão, diga-me o que posso fazer por você?

— Permita que seja eu a servi-lo. Devo-lhe um favor, não recusarei nenhum pedido seu.

— Mas se sou eu quem lhe deve um favor! Hagen, decida você: qual de nós dois deve um obséquio ao outro?

— O conquistador deve um serviço ao conquistado — respondeu Hagen vagarosamente e com muita dignidade, como se fosse um sacerdote.

— Que significa isso, tio Hagen? — perguntou Gunther. — Soa muito sábio, como se fosse um oráculo, mas que diabos você quer dizer?

— Tio Hagen está certo — disse Gernot, intrometendo-se na conversa. — O nobre Siegfried veio como conquistador e de fato conquistou os nossos corações. Por isso é nosso devedor.

— Sim, é exatamente isso! — gritou Siegfried, contente. — Eu queria impor-lhe vassalagem, irmão Gunther, e agora será o contrário quero ser seu vassalo.

— Impossível! — rebateu Gunther. — Um príncipe tão nobre e forte não pode ser vassalo de ninguém.

— Não, realmente não — intrometeu-se Gernot de novo. — Mas podem fazer de conta que são realmente vassalo e suserano.

— Ótimo! — exclamou Siegfried. — Então diga-me que serviço devo realizar como seu vassalo?

— Ajude-me, querido irmão — disse Gunther —, a conquistar o coração da rainha da Isenlândia.

— Farei isso com prazer — retrucou Siegfried. — Explique-me como devo fazê-lo. Quem é ela afinal de contas, e que reino é esse?

— Ele está se referindo à ilha de Tule — aparteou alguém.

— Não — interveio outro. — É de fato uma ilha, mas não se chama Tule, e sim Heligolândia.

— É uma ilha — disse um terceiro — e se chama Isenlândia. Fica bem longe, do outro lado do mundo.

— Eu quero a rainha da Isenlândia para esposa — disse Gunther. — Quero-a para rainha da Burgúndia. Ela se chama Brunilde.

Quando esse nome foi pronunciado, houve um silêncio total no salão, como se ele ecoasse por toda a mesa tapando as bocas dos presentes.

A conquista da mão de Brunilde

Sempre e em qualquer lugar, quando era mencionado o nome de Brunilde, todos se calavam. Esse nome tinha uma reputação terrível, que se espalhava por todos os reinos e por terras de além-mar. O que realmente se sabia sobre essa mulher, a rainha da Isenlândia, uma grande e distante ilha situada ao norte? Não muito. Mas o que se sabia era passado de boca em boca em tom de espanto e incredulidade. Os viajantes viam-na apenas de longe e ficavam assustados com sua beleza selvagem. Também seu reino era selvagem e inóspito, gelado e escalvado, onde tempestades açoitavam ressacas contra as costas.

Brunilde vivia com sua corte e seus guerreiros num velhíssimo e enorme castelo. Era uma mulher solitária que não se entregara a nenhum homem. Reis e príncipes queriam sua mão em casamento, atraídos pela fama de sua beleza e mais ainda pelo mistério que a envolvia. Dizia-se que a todos os pretendentes fazia a mesma exigência: aquele que a vencesse na luta com lanças, no salto em distância e no lançamento de pesadíssimas pedras ela aceitaria como esposo. Muitos tentaram, mas descobriram que a força daquela mulher era tão grande quanto sua beleza. Os que ousavam medir-se com ela eram tratados de maneira ríspida, atemorizante e altaneira. Muitos preferiram ir embora, abandonando suas pretensões em vez de tentar competir com ela, e então o riso sardônico da soberana os acompanhava. Não foram poucos os que morreram enfrentando-a com a lança. Ela arremessava a lança ou a pedra com tanta violência que muitos escudos se fendiam e os homens que os empunhavam tombavam.

Quem era, de onde veio, como chegou a ser rainha, de que linhagem descendia, tudo isso era mistério. Alguns diziam que ela, nos primórdios, quando os deuses ainda estavam vivos, teria sido uma valquíria ou uma sacerdotisa de Wotan. Teria caído num sono semelhante à morte por mais de mil anos, envolta num círculo de fogo, até que a inescrutável lei do destino a acordou para uma nova vida, quando um herói, provavelmente um semideus, atravessou as chamas e libertou-a com um beijo. Mas ninguém conhecia ao certo a história, apenas os trovadores e menestréis cantavam essa misteriosa lenda, levando-a de uma corte a outra e também aos castelos da nobreza burgúndia e a Worms.

Assim o rei Gunther meteu na cabeça ser o escolhido para conquistar Brunilde, quando ninguém até então o tinha conseguido. Esse anseio tornou-se um aguilhão em seu peito, que não cedia apesar de a mãe Ute dizer-lhe que era um louco e rir dele porque desejava o impossível. Mas era exatamente a mãe Ute que insistia também para que enfim se casasse, pois o reino precisava de uma rainha.

Quando Gunther transmitiu seu desejo a Siegfried, este mostrou-se feliz em poder ajudá-lo e empreender mais uma aventura, certo como estava de poder realizar qualquer façanha no mundo.

— Como vou ajudá-lo, irmão Gunther — disse Siegfried —, ainda não sei, mas acho que acabarei tendo uma idéia. Arme um exército e prepare um navio que possa atravessar o mar, e então saberemos o que fazer.

Quando começaram os preparativos da viagem, ambos, Gunther e Siegfried, e também os cavaleiros de Gunther, chegaram à conclusão de que não era aconselhável viajar com um exército, pois haveria necessidade de muitos navios e eles não tinham a intenção de guerrear; queriam desembarcar em paz, para conquistar não um reino, mas a mão de uma mulher. Decidiram então ir num único navio e levar apenas alguns cavaleiros fiéis. Por fim, além de Gunther e Siegfried, só viajariam Hagen e Dankwart, vários criados de confiança e os mais capazes marinheiros do rio Reno.

Assim desceram o Reno. Foi uma longa viagem, embora a correnteza fosse favorável; depois entraram no mar aberto com suas grandes ondas, o que era bem diferente de navegar no rio. Mas o navio, bem construído, levou-os em segurança para a Isenlândia.

Certa noite, durante a viagem, Siegfried não conseguia conciliar o sono, revirando-se inquieto na cama, pensando em como formularia certo pedido ao rei da Burgúndia, pois não era um combate, nem uma façanha heróica, nem uma caçada que estava em jogo, mas uma mulher, e isso tornava-o inseguro.

Por fim Gunther, que também estava acordado, perguntou:

— Não consegue dormir, Siegfried? Provavelmente está pensando em como me ajudará a conquistar a temida presa.

— Não, não é isso — retrucou Siegfried. — Já sei o que fazer.

— Mas percebo que alguma coisa o está preocupando — insistiu Gunther. — Conte-me o que é.

Siegfried tomou coragem e disse:

— Como recompensa pela ajuda que lhe darei para conquistar Brunilde, você deve conceder-me a mão de sua irmã. Eu a desejo de todo o coração.

Gunther pouco se admirou com essas palavras. Ele mesmo não desejava para cunhado outro que não o maravilhoso Matador de Dragões; assim, deu seu consentimento cordialmente. Enfim o feliz Siegfried podia adormecer.

Na alvorada do décimo dia aproximaram-se da costa da Isenlândia e logo avistaram os contornos do castelo de Brunilde recortados contra o céu claro do Norte. Não tinha torres nem ameias, mas fora construído no alto de um imponente recife e era rodeado de fossos profundos e largos.

— Nem parece o castelo de uma rainha — murmurou Hagen —, mas a caverna de uma ursa.

O navio atracou e eles saltaram em terra firme. Quando os guerreiros da Isenlândia se aproximaram, os recém-chegados levantaram as armas em sinal de paz e gritaram que vinham prestar homenagem à rainha. Essa mensagem foi transmitida a Brunilde e ela assomou à porta do castelo para receber os hóspedes. Cumprimentou-os friamente, mas com dignidade fidalga. Hagen apresentou-se e disse à rainha que Gunther, o rei da Burgúndia, chegara para lhe prestar homenagem e pedir sua mão em casamento.

A mulher fitou o grupo de homens de cenho franzido, mas com um sorriso irônico nos lábios. Tinha uma beleza selvagem, que não era deste mundo — a beleza de um anjo caído. De repente, aproximou-se de Siegfried, que estava um passo atrás de Gunther, estendeu-lhe a mão e disse:

— Enfim você chegou, meu herói! Seja bem-vindo, rei da Burgúndia!

Após essas enigmáticas palavras houve um silêncio constrangedor. Depois Siegfried disse:

— Eu sou apenas um vassalo. Este aqui é Gunther, filho de Gibbich, rei da Burgúndia. — E indicou Gunther, que ficou pálido de indignação. Também Brunilde empalideceu, acenou para Gunther e deu-lhe as costas. Com um sinal pediu aos convidados que a seguissem ao interior do castelo. Não disse uma única palavra a Gunther.

Brunilde dissera a Siegfried "enfim você chegou, meu herói" porque havia sonhado com ele. Via-se cercada pelo círculo de fogo e dormia (assim era seu sonho); Siegfried atravessou as chamas e beijou-a. Ao ouvir que ele era um vassalo e não aquele que pretendia sua mão, fechou seu coração, muito raivosa.

Entraram no castelo e depuseram as armas. Receberam um quarto onde descansaram e trocaram de roupa, depois foi-lhes oferecida uma refeição que consistia principalmente em peixe e uma bebida que não era nem vinho nem cerveja, mas muito forte e aromática. Uns poucos nobres da ilha participaram do repasto, sujeitos de pouca fala, e a rainha nem sequer deu o ar de sua graça.

Por volta do meio-dia enviou um arauto aos estrangeiros avisando-os de que deviam dirigir-se à área descampada em frente ao castelo: a competição começaria imediatamente. Gunther olhou angustiado para Siegfried, que entretanto estava de cara alegre.

— Não se preocupe. Se é a sua irmãzinha que terei como recompensa, removerei montanhas.

Depois tudo aconteceu rapidamente, como num sonho.

A primeira prova era o arremesso de lança. Gunther recebeu o sinal de atirar contra a rainha, que estava protegida por trás do escudo. Mas ele se negou e insistiu para que ela fizesse o primeiro arremesso. A rainha não hesitou, desferiu a lança com tanta força contra o escudo de Gunther que ele se partiu e Gunther cambaleou; estava quase caindo quando sentiu um braço forte segurando-o. Depois foi sua vez: atirou a lança, mas foi como se um ser invisível arrancasse a arma de sua mão e a projetasse contra o escudo de Brunilde com tamanha violência que a jovem foi atirada ao chão. Mortalmente pálida, ela levantou-se — nunca ninguém havia conseguido tal feito.

A rainha apanhou uma pesada rocha e jogou-a tão longe como ninguém mais era capaz; diante dessa façanha ouviram-se os gritos de júbilo dos assistentes. Depois recuou alguns passos e saltou dez metros além do lugar em que a pedra havia caído. Novamente se ouviram os aplausos da assistência.

Dois criados levaram a pedra, com muito esforço, aos pés de Gunther. Ele se abaixou e levantou-a, sentindo que não o teria conseguido sem a ajuda do ser invisível, e lançou-a mais longe do que Brunilde. Ouviram-se murmúrios de admiração e perplexidade. Deu alguns passos para trás e saltou, mas na realidade não o fez: foi carregado pelos fortes braços de Siegfried, que estava invisível no seu capuz. Assim, Gunther conseguiu ultrapassar a marca de Brunilde.

A orgulhosa rainha foi obrigada a admitir sua derrota nas três provas. Não deixou que percebessem o ranger de seus dentes, mas o rosto, mortalmente pálido, era uma pedra. Com voz forte, disse:

— Você venceu, rei da Burgúndia. Fiel à minha promessa, serei sua mulher. — Voltou-se para seus homens, que estavam postados atrás dela, sombrios. — Aproximem-se, meus amigos, agora serão súditos do rei da Burgúndia, que venceu a rainha da Isenlândia nas competições. Que a extraordinária nova seja propagada: "Brunilde foi derrotada por um homem e concede-lhe sua mão".

Nesse momento sua voz vacilou um pouco. Não deu a mão a Gunther, apenas fez-lhe sinal para segui-la e retornou ao castelo.

Sem que ninguém visse, Siegfried tirou o capuz e entrou com os demais no castelo. Brunilde não percebeu nada.

Quando os mensageiros correram por toda a ilha transmitindo a surpreendente notícia de que a rainha fora vencida na competição por um rei estrangeiro, ninguém quis acreditar. Todos comentavam:

— Isso não é verdade, não pode ser verdade, estão mentindo! Brunilde era muito amada pelo povo e honrada quase como uma deusa; sua invencibilidade era uma certeza nos corações dos súditos. E agora iria partir, seguir um rei para um país estrangeiro — ninguém conseguia acreditar em semelhante história.

— Não poderei partir logo — informou Brunilde aos burgúndios. — Muita coisa terá que ser preparada e acertada. Preciso avisar meus parentes, e ninguém vai acreditar na notícia. Meus parentes estão espalhados pela ilha inteira e alguns se acham em alto-mar, na pesca da baleia. Todos devem vir, pois preciso dizer-lhes como o país deve ser governado no futuro e despedir-me deles. Alguns se negarão a vir e dirão que "a mulher está nos pregando uma peça". E os que vierem quererão tirar tudo a limpo, receando que tenha havido algum ardil.

Hagen, já farejando uma traição, ponderou:

— Somos apenas quatro e um punhado de criados. Se todos esses parentes de Brunilde se ajuntarem aqui (e quantos serão?) estaremos em maus lençóis. A mulher está com o diabo no corpo.

Mas Gunther tentou afastar-lhe a desconfiança:

— Ela é uma rainha muito nobre e minha futura mulher. Não vai quebrar a palavra dada.

Siegfried era da mesma opinião. Mas a verdade é que a inquietação, a indignação, a dúvida e o despeito se espalharam por toda a ilha. Os habitantes reuniam-se em grupos e murmuravam. Boatos começaram a correr. Os conquistadores — assim eram chamados os burgúndios — queriam levar a rainha à força. Onde estavam os guerreiros deles? Diziam que numa enseada havia um grande exército em enormes navios, prontos para desembarcar. Havia besteiros, hordas a cavalo, carros de guerra — eram vikings! Outros boatos davam conta de que eram anões agressivos, mágicos, em número incalculável, do povo de Nibelungo, filhos da neblina, capazes de tornarem-se invisíveis — que era o segredo dos anões.

Mas tudo não passava de boatos. Brunilde era da mais nobre estirpe, deveria manter sua palavra. Adiou por muito tempo a partida e respondia aos insistentes pedidos dos burgúndios com a desculpa de que ainda precisava colocar em ordem as questões do reino. Mas por fim chegou o dia em que tinha que tomar a decisão de partir. Muitos bens distribuiu entre seu povo, mas os mais valiosos mandou colocar em caixas para presentear os burgúndios. Um navio suntuoso foi preparado para a rainha e os cavaleiros de seu séquito, pois não viajaria no navio dos burgúndios. Lançava olhares sombrios a Siegfried quando se cruzavam — para a rainha ele era um vassalo misterioso, um enigma sobre o qual divagava em segredo. Siegfried não lhe saía da cabeça, mas ela se envergonhava disso e não deixava ninguém perceber o interesse que tinha por ele.

Siegfried aceitou a sugestão de Gunther de partir à frente num navio mais ligeiro, a fim de anunciar em Worms que o rei Gunther estava levando para casa sua mulher, a rainha da Isenlândia. Brunilde perguntou durante a viagem onde estava aquele vassalo e, quando soube que fora mandado pelo rei como mensageiro para anunciar a chegada deles, acreditou que realmente era apenas um vassalo.

Alberico e o tesouro de Nibelungo

Na viagem de volta, Siegfried resolveu dar uma olhada no tesouro, que ele, após a morte de Fafner e Regin, havia extorquido do anão Alberico, seu guardião original. Fora um duro combate, pois Alberico tinha a força de um gigante e estava armado com um açoite de nove cordas com bolas de chumbo nas pontas, arma terrível que ele sabia manejar bem graças à sua imensa força — muitos que tentaram chegar perto do tesouro sentiram na pele a violência de seus golpes.

Alberico, que Siegfried conseguira vencer no duelo, aceitou servi-lo como guardião do tesouro. Sob as ordens de Siegfried, o anão e seus inúmeros gnomos levaram as antiqüíssimas jóias e pedras preciosas em caixas, arcas, sacos e bolsas para um novo esconderijo, uma caverna que antes fora o calabouço de um antigo castelo em ruínas, situado nas profundezas de uma floresta. Muito tempo atrás Mime, seu mestre, havia revelado a localização desse lugar a Siegfried.

Era para lá que agora Siegfried cavalgava, após deixar o navio ancorado no Reno e montar Sleipnir, pois pretendia seguir viagem para Worms a cavalo. Entre as copas das árvores erguiam-se, sufocadas pela densa vegetação, as muralhas do castelo em ruínas, carcomidas pelo tempo. Apenas aos iniciados era acessível o portão que levava para o interior até o calabouço. O portão estava trancado a sete chaves; Siegfried bateu com o punho da espada na madeira. A noite já havia descido e a escuridão era total. Suas batidas ecoaram no silêncio do interior de forma ameaçadora.

Então se ouviram os gritos de Alberico: "Quieto, aí!", "Quem ousa bater a esta hora?", "Suma daqui, seu malandro!" e outras delicadezas mais. Siegfried pensou: "Ele é um bom guardião, mas vou testá-lo com provas mais duras". E gritou para dentro: "Abra, senão vai levar uma surra!". A voz respondeu mais enraivecida ainda: "Dê o fora ou eu mesmo o ponho a correr, seu vagabundo!". E assim continuaram ameaçando-se e gritando de um e outro lado. Siegfried não parava de bater à porta, levando o tumulto para a floresta e fazendo os pássaros voejar assustados.

Por fim a porta se escancarou e Alberico saiu correndo com o açoite em punho, atacando cegamente o estranho, a quem não reconheceu na escuridão da noite. Na sua raiva, havia esquecido de acender antes um archote e assim golpeava o vazio, pois Siegfried, que tinha o dom de ver no escuro, esquivava-se das terríveis investidas.

Finalmente Siegfried deu-se por satisfeito com a raiva do guardião de seu tesouro, pulou para perto do anão e levantou-o pela longa barba. O pobre anão agitava-se, esperneava e vibrava inutilmente seu açoite; por fim, arquejando, rogou:

— Solte-me, seu monstro, não lhe farei nada, só não o deixo chegar perto do tesouro. Estou preso a um juramento, solte-me, solte-me, está arrancando a minha barba!

Suplicou e choramingou até que Siegfried o colocou no chão novamente, mas sem largá-lo para que não sumisse pelo portão.

— Então não vai me deixar chegar perto do tesouro? — perguntou.

— Você é mais forte que eu e, se já não pertencesse a um rei, teria o maior prazer em servi-lo.

Siegfried reconheceu que estava bem servido com o seu guardião e disse:

— Você é realmente fiel, Alberico, e cuida bem do tesouro. Não me reconhece?

Então Alberico percebeu quem estava à sua frente e ajoelhou-se, feliz, aos pés de seu mestre e senhor. Depois levou-o para o interior, serviu-lhe carne e vinho, preparou-lhe também a cama e antes que fosse dormir quis mostrar-lhe como o tesouro estava bem acondicionado e guardado. Siegfried nem o olhou e disse apenas:

— Tudo bem, tudo bem, vejo que está tudo aqui. Amanhã eu parto, mas mandarei mensageiros logo que precisar de um saco cheio de ouro. Para você saber se o mensageiro é realmente meu, lembre-se, ele deverá pronunciar o nome "Cremilde". Só então escute o que ele tiver a pedir-lhe.

Na manhã seguinte, quando Siegfried ia partir, Alberico disse-lhe:

— Senhor, ouço trombetas ecoando pelo tesouro e sinos badalando por um casamento e ao mesmo tempo por um funeral. Nunca se esqueça de que este tesouro encerra uma maldição!

— São pesadelos que o atormentam, meu caro! Adeus! — disse Siegfried, rindo.

Dois casamentos em Worms

Quando Siegfried se aproximava do castelo de Worms, sua chegada já havia sido anunciada algum tempo antes pelos vigias da torre. Aflitos, Gernot e Giselher, cavalgaram ao seu encontro, pois o fato de chegar sozinho era um mau sinal. Mas grande foi a alegria deles ao saberem que a longa e perigosa viagem havia sido bem-sucedida.

Imediatamente Siegfried foi levado à presença das duas mulheres da casa real, a senhora Ute e a princesa Cremilde. Teve que repetir várias vezes como fora a competição na Isenlândia, mas as duas mulheres permaneciam incrédulas. Não conseguiam acreditar que Gunther provara ser o mais forte. Prudentemente, Siegfried ocultou a sua participação. A timidez ainda lhe selava a boca diante da amada, e ele não teve coragem de dizer que o rei lhe havia prometido sua mão em casamento. Gunther anunciaria isso durante a festa que já estava sendo preparada.

Rumoldo, o mestre-de-cozinha, e Sindoldo, o responsável pelas bebidas, ambos cavaleiros de alta linhagem, tomavam todas as providências com extremo cuidado. A festa da chegada da rainha da Burgúndia deveria superar tudo o que até então se presenciara no reino. À margem do Reno foram construídas arquibancadas para o povo poder aplaudir a entrada triunfal do casal de soberanos, e também se estenderam tapetes desde o castelo até o cais.

Enfim, chegou o dia em que os arautos anunciaram a aproximação do navio engalanado. Os cavaleiros dirigiram-se a pé até a margem do rio e as duas mulheres foram colocadas sobre dois garbosos cavalos brancos. Siegfried conduzia as rédeas do cavalo de Cremilde e Ortwin de Metz as do cavalo da senhora Ute, depois de ela ter dito que aquela seria a última vez que montava. Os rostos das duas mulheres brilhavam de alegria, mas Cremilde sentia também de vez em quando um receio secreto, pois havia em seu coração um inexplicável pavor pela estrangeira orgulhosa, intratável, muito forte e verdadeira deusa em seu reino.

Lentamente o navio apareceu na curva do rio, aproximando-se majestoso; na proa era possível distinguir duas figuras, uma delas a senhoril Brunilde, que era muito maior que seu marido. Criados acorreram para colocar as pranchas, pelas quais desceram Brunilde e Gunther. Agradeceram com dignidade os gritos de júbilo com que foram recebidos. Ute e Cremilde foram descidas das selas e dirigiram-se para o casal. Os quatro se cumprimentaram com comedimento e seriedade. Brunilde trocou primeiro com Ute, e depois com Cremilde, um beijo grave de boas-vindas.

No meio de grande alarido, dos "vivas" dos cavaleiros, do retumbar dos escudos e espadas, o luzente cortejo seguiu em direção ao castelo. Lá a festa já estava pronta, preparada em seus mínimos detalhes. Guirlandas adornavam todo o grande salão, e também havia flores espalhadas sobre as toalhas de linho que cobriam a grande mesa e nos vasos de prata e cristal. A algazarra foi diminuindo até que se fez silêncio; também os músicos e os trovadores esperavam, ao fundo. O vozerio dos homens e o gorjeio das damas da corte cessaram.

Toques de corneta anunciaram a chegada de um novo convidado, que raramente era recebido no castelo, o sacerdote, chamado para abençoar as duas uniões e que nesse dia teve um lugar de honra à mesa. Apenas no dia seguinte, na capela, o duplo enlace seria consagrado com a bênção da Igreja.

O rei, ao lado de Brunilde, pediu aos nobres se apropinquarem. Os nobres formaram um círculo em torno dos dois e em seguida ele anunciou com ar festivo:

— Nós, rei da Burgúndia e da Isenlândia, estamos de volta a casa após longa viagem. Conosco veio nossa maravilhosa noiva Brunilde. Colocamos a coroa sobre sua cabeça, beijamos-lhe a fronte e com orgulho a chamamos nossa querida esposa, rainha da Burgúndia e da Isenlândia. Ela se sentará ao nosso lado e governará conosco os dois grandes reinos.

Altos gritos de júbilo responderam a essa fala, mas Gunther os interrompeu com um gesto. Tomou a mão de Siegfried e depois a de Cremilde, conduziu-os ao centro do salão e proclamou:

— Há muito tempo nossa irmã Cremilde e nosso famoso hóspede, o rei Siegfried da Nederlândia, herói inigualável, se amam. Por isso aceitamos com alegria o pedido de Siegfried de conceder-lhe nossa única irmã como esposa. Que esse casal, que temos em alta estima, possa agora, diante de todos, trocar o beijo de casamento, como é o costume, e amanhã receber a bênção da Igreja.

Nas ocasiões festivas o rei dizia "nós" em vez de "eu", e alguns soberanos conservam esse costume até hoje.

Ditas essas palavras, o rei voltou-se para seus cavaleiros e perguntou-lhes:

— O que acham, meus senhores, de o príncipe Siegfried casar-se com nossa irmã?

— Seria muito bom — responderam todos.

Gunther puxou Siegfried e depois Cremilde de forma que ficassem um em frente do outro, os dois com as faces em fogo, e depois disse:

— Idiko, minha irmã, pela minha honra real e como seu irmão peço-lhe honrar a promessa que fiz a esse nobre herói e amigo. Jurei-lhe que você pertenceria a ele como esposa e ele a você como marido.

— Sim, concordo — respondeu Cremilde num sussurro.

Siegfried abraçou-a, e quando ela, cabisbaixa, aninhou-se em seus fortes braços, todos voltaram as costas para não testemunhar o primeiro beijo. Siegfried apenas beijou-lhe a cabeça, pois para beijar-lhe as faces ou os lábios teria de abaixar-se muito, se não quisesse que ela se esticasse toda na ponta dos pés. Assim, Cremilde limitou-se a esconder a cabeça em seu peito.

Quando todos se viraram novamente, ouviram-se exclamações de júbilo. A senhora Ute e algumas damas soluçavam enternecidas.

Finalmente todos se sentaram à mesa, os casais, os cavaleiros, os estrangeiros, os convidados da ilha da Isenlândia e os Nibelungo, como eram chamados os guerreiros de Siegfried — e, naturalmente, as belas mulheres. Um brilho festivo de cores alegres e uma variedade de aromas deliciosos enchiam o salão todo enfeitado. A tudo isso vieram juntar-se os sons das flautas, dos alaúdes e outros instrumentos de corda, quando os músicos se posicionaram no balcão e começaram a tocar. Nas salas vizinhas a alegria era mais solta, a música e o alarido muito mais altos, pois lá estavam, sentados bem juntos ou de pé, os moradores menos nobres do castelo: escudeiros, camareiras e uma ou outra pessoa sem qualificação.

De repente, percebeu-se que a rainha Brunilde chorava. As lágrimas lhe corriam pelas faces bronzeadas, mas nenhum músculo de seu rosto se contraía, como geralmente acontece com as mulheres quando choram; via-se apenas uma ruga de raiva na sua testa. Bem se notava que ela não participava da alegria geral. Intocados estavam à sua frente os assados e as suculentas frutas, sua taça continuava cheia até as bordas e seus olhos vítreos fixavam-se no vazio. Confusos, os cavaleiros e as damas à sua volta se entreolhavam, trocando sussurros.

— Que está acontecendo com você, minha mulher? — disse Gunther em tom baixo. — Por que toda essa tristeza? São saudades de casa? Peço-lhe que acalme a aflição e se divirta, pois estamos alegres em tê-la como rainha.

Demorou algum tempo até que Brunilde conseguisse responder em tom firme, mas amargo:

— Não choro de saudades de minha casa, mas por causa de sua irmã. Tenho pena dela. É filha de rei, é de sangue nobre, uma virgem delicada e bela... Mas com quem a vejo ali sentada? Pena, é isso que estou sentindo, e é por isso que choro.

— Não estou entendendo, minha querida mulher — respondeu Gunther, surpreso. — Ela é a mais feliz de todas as mulheres que estão à mesa. Diga-me, estou curioso: por que tem pena dela?

— Vejo sangue e lágrimas à sua volta — respondeu Brunilde. — Tudo isso por ter sido dada a um vassalo e ela própria ter-se dado a ele. A filha de um rei a um servo! É por causa dessa humilhação que eu choro.

— Um vassalo, um servo? — exclamou Gunther, perplexo. — Não diga uma coisa dessas, mulher! Não, não fale desse jeito!

— Por acaso não é humilhante — zangou-se Brunilde — casarem-se as filhas de reis com serviçais?

— Siegfried da Nederlândia, um serviçal, um servo? — bradou Gunther, estarrecido. Mas estava estarrecido porque se lembrara de haver dito que Siegfried era um vassalo e agora não sabia como se explicar.

— Não conheço nenhum reino com esse nome — continuou ela. — Você o incumbiu de ir a Worms anunciar a nossa chegada e ele obedeceu. Mas vejam só os dois! Um peixinho dourado e uma baleia! Gostaria muito de saber como vão se divertir juntos. Choro de vergonha só de pensar nisso.

Essa conversa era muito penosa para Gunther, que apenas conseguia retrucar timidamente. E ainda bem que o casal, assunto da conversa, estava sentado bem longe, do outro lado da mesa, envolvido pelo alegre vozerio, e não ouvira aquelas palavras maldosas. Cremilde queria saber de Siegfried qual das duas era a mais bonita, ela ou Brunilde; e, voltando-se para esta:

— Oh, ela está chorando, veja! — exclamou admirada. — Será saudade?

Mas logo ela mesma encontrava a resposta:

— Eu sei por que ela chora...

— Eu não — disse Siegfried. — Por quê?

Cremilde, sorrindo brejeira, respondeu:

— Chora porque não é você que está sentado ao lado dela, não é você que é seu marido e ela terá que satisfazer-se com Gunther. Eis a razão de suas lágrimas!

A primeira noite de Brunilde

A nova rainha da Burgúndia estava deitada na luxuosa cama real com os braços cruzados atrás da cabeça e olhava fixamente à sua frente. Seus olhos cinzentos estavam duros e gélidos, e uma profunda ruga de ódio entre as sobrancelhas vincava-lhe o rosto. Gunther olhava-a entre sombrio e inquieto. Brunilde parecia-lhe mais bela e sedutora do que ele imaginava ser uma lendária princesa oriental. Era como uma deusa selvagem e hostil.

— Há um segredo em tudo isso — matutava ela.- E eu quero saber! — Referia-se, é claro, a Siegfried.

— Com ele é diferente — explicou Gunther. — Não é um vassalo qualquer, mas um rei. Como eu, tem um castelo, riquezas e um reino.

— Sim, na Nederlândia — disse ela, irônica . — Que reino é esse?

— Meus cavaleiros podem confirmar o que digo, mulher.

— E eles estiveram lá? Um reino cujo rei segura o estribo do cavalo para você montar? É mentira que exista tal reino, como é mentira que ele tenha matado um dragão e conquistado um tesouro. Tudo isso são patranhas.

— Falaremos sobre o assunto outra hora, minha querida — interveio Gunther, desesperado. — Esta é sua primeira noite como rainha da Burgúndia, você está aqui ao meu lado.

— Pois bem, então deite-se aí, senhor da Burgúndia, que amanhã retomaremos a conversa — disse ela.

Gunther apagou o lampião e estirou-se ao lado dela. Ali deitada, Brunilde mais parecia uma estátua de pedra. Ele nem a ouvia respirar. Quando tentou beijá-la, ela gritou-lhe furiosa:

— Nem pense nisso!

— Eu a conquistei na competição — disse Gunther, com voz roufenha. — Você empenhou sua palavra.

— Eu o segui até aqui, tal foi a minha promessa — respondeu ela. — Portanto não quebrei a palavra dada. Quanto ao resto, é melhor tirar da cabeça. Vai procurar as criadas de sua mãe!

— É um absurdo que a esposa se negue ao abraço do marido!

— Absurdo é eu estar deitada aqui — retorquiu ela. — Não tente me tocar!

Gunther rangeu os dentes de raiva e desespero. E ela começou a falar de si para si:

— Duas coisas extraordinárias aconteceram. Uma, ser eu vencida na competição por um homem que é um frangote. A outra, a filha de um rei ser dada a um vassalo.

Quando, pela terceira vez, Gunther quis abraçá-la, ela novamente advertiu:

— Tire isso da cabeça de uma vez por todas, seu cavaleiro molenga!

O sangue subiu à cabeça de Gunther e ele respirou com dificuldade. Então começaram a lutar. Agora o pobre Gunther sentia na própria pele a força dela e compreendeu como fora ousada a esperança de, por vencê-la na competição, conseguir dominá-la novamente. Ela o atirou ao chão, travou-lhe os punhos com tanta força que quase os deixou exangues e bateu-lhe a cabeça no piso até deixá-lo totalmente atordoado. Ao mesmo tempo zombava dele, dizendo:

— Então você me venceu, seu homenzinho de palha! Como arremessou a lança daquele jeito? Aí está você, incapaz de mexer-se, senhor poltrão, seu rei-sapo! Vá procurar as criadas, ou será que devo carregá-lo até lá?

E não parou de atormentá-lo com suas zombarias. Gunther se debatia como um louco, tentando libertar-se, mas foi perdendo as forças. "Ela tem o diabo no corpo", pensou, rangendo os dentes. Brunilde amarrou seu cinto em torno do corpo dele e carregou-o como um fardo até a sacada do quarto, sem nenhum esforço. Na sacada, preso a um gancho, estava um pesado escudo com o brasão da Burgúndia; ela o arrancou e o atirou ao chão, provocando um estrondo que ecoou por todo o palácio. Depois agarrou Gunther e pendurou-o pelo cinto ao gancho.

Lá estava o rei da Burgúndia, suspenso como se fosse um brasão. Que escândalo! Ele já nem se mexia: resfolegava, com os olhos esbugalhados e os lábios sangrando de tanto mordê-los de raiva. Para Brunilde aquilo não fora nada — sua respiração sequer se alterara. Seus olhos cintilavam maldosamente. Deitou-se, cruzou de novo os braços atrás da cabeça e nem se dignou olhá-lo uma só vez.

De manhã, ao acordar, murmurou de si para si: "Que coisas extraordinárias estão acontecendo uma após outra! Brunilde é derrotada por um frangote na competição; a filha de um rei é dada a um servo; o rei da Burgúndia está pendurado como um troféu de caça. É mesmo cheio de maravilhas este reino da Burgúndia!".

Somente mais tarde ela se dignou libertar Gunther da terrível e humilhante situação em que o colocara. As criadas, durante o dia, comentavam dando risadinhas:

— Deve ter sido bem divertida a noite daqueles dois. Pelo barulho que se ouviu...

A segunda noite de Brunilde

— Mas que noite doce e maravilhosa foi a de ontem, meu querido irmão Gunther! — exclamou Siegfried, embevecido. E descreveu, exultante de felicidade, sua primeira noite de núpcias. Mas Gunther, sombrio, mal prestava atenção, apenas suspirava. Siegfried continuou:

— Meu coração transborda de amor. Como posso agradecer-lhe por me haver ajudado a conquistar tamanha felicidade? Pouco fiz por você para merecer o que me proporcionou. Teria que lhe dar muito mais para mostrar minha gratidão. Mas que cara é essa? Está pálido e com um galo na testa! Deve ter abusado do vinho, não é?

— É, talvez tenha sido o vinho que me deixou meio tonto — respondeu Gunther, muito desanimado. — Senão, acho que não teria acontecido o que aconteceu.

Contou tudo a Siegfried e concluiu:

— Aquele ser infernal amarrou-me com seu cinto como se amarra um animal que vai ao abate e pendurou-me num gancho, deixando-me lá a noite inteira.

— Isso não foi nada correto — disse Siegfried, indignado. — Mas não entendo uma coisa: você afirma que agora, mais do que nunca, está consumido de amor por ela. Pensei

que não seria possível amar uma mulher que nos pendura num gancho. O mais certo seria vingar-se de Brunilde em vez de desejá-la.

— Vingança ou desejo, tanto faz — disse Gunther. — O que eu quero mesmo é tê-la submissa aos meus pés. E de uma coisa estou certo: se ela for submetida uma vez, sê-lo-á para sempre. Pois então sua resistência estará quebrada. Você, meu irmão de sangue e companheiro de lutas, só você conseguiria isso, já que a dominou uma vez.

— Como assim ? — perguntou Siegfried, pensativo. — Não quero brincar de novo de invisível e me sentir um patife. Foi por isso que joguei o capuz no mar. Não o queria mais.

— Só é necessário que o quarto esteja no escuro, mais nada. — retrucou Gunther. — Vá até o quarto à noite, tome o meu lugar e domine-a, pois só você é capaz disso. Quando estiver vencida, ela se entregará. Então não faça mais nada. Saia e deixe-me entrar em cena. Este último serviço ainda o exijo de você, ou melhor, imploro-o, suplico-lho de joelhos.

E de fato caiu de joelhos diante de Siegfried, entre envergonhado e emocionado. Siegfried levantou-o, prometendo fazer o que ele pedia, e murmurou para si mesmo: "Bem que eu gostaria de saber se na cama a minha força é superior à dela. Estou curioso para descobrir se ela é uma deusa ou um monstro, e se consigo vencê-la numa luta corpo a corpo".

Ao anoitecer, Gunther entrou no quarto, cenário de sua humilhação, onde Brunilde já dormia, intocável e impassível como um animal selvagem. Ela despertou, lançou-lhe um olhar frio e voltou a dormir com um sorriso de desprezo nos lábios. Gunther apagou o lampião e uma escuridão total envolveu o casal, pois era noite sem lua.

— Você vai se arrepender pelo que me fez a noite passada... Não vou tratá-la mais com delicadeza cavalheiresca.

— Quer passar outra noite pendurado no gancho? — retrucou ela, irônica. — Não adianta apagar a luz, posso achar o gancho no escuro.

— Apaguei a luz porque não quero vê-la. A visão de sua beleza me enfraquece. Você me tira toda a força, e quero quebrar esse feitiço. Vou trancar a porta para que você não fuja.

Brunilde ficou tão espantada com o atrevimento daquele homem humilhado que não disse palavra.

Gunther foi até a porta, abriu-a e Siegfried entrou, fechando-a em seguida. Gunther ficou colado à parede, perto da porta, atento ao que iria acontecer.

Siegfried deitou-se na cama ao lado da mulher e puxou-a para junto de si. Mas era um gato selvagem o que ele tinha nos braços: Brunilde arranhou-lhe o rosto e empurrou-o com tamanha força que ele foi ao chão, batendo a cabeça numa arca. Nunca lhe havia acontecido tal coisa. Por um momento ficou ali parado, tentando acalmar-se. Não havia dúvida, ela era um ser de força diabólica, uma feiticeira, um monstro. Mas o Matador de Dragões acordou dentro dele, aquele que lutava contra gigantes e monstros, e, levantando-se de um pulo, caiu sobre ela.

Seguiu-se uma luta feroz. Siegfried sentiu que aquele corpo não era o de uma mulher, de um ser humano. Ela o agarrou com tanta força que suas costelas rangeram. E não o soltava, pois queria esmagá-lo. Com grande dificuldade Siegfried conseguiu libertar-se. Empurrou-a de tal jeito que ela voou contra a parede e Gunther, que estava ali, teve que safar-se rapidamente.

— Não imaginei que você fosse capaz disso, seu poltrão! — rugiu ela. Foi a única coisa que disse. Arquejando, os dois se atracaram de novo. Siegfried percebeu que Brunilde havia tirado o cinto para lhe envolver o pescoço e sufocá-lo tal qual o caçador que joga a rede sobre sua presa. Por um segundo hesitou. Foi a única vez na vida que sentiu medo, medo de um poder desconhecido.

Depois a fúria o dominou. Derrubou-a no chão e prendeu-lhe os pulsos com suas mãos robustas. Sentiu que ia esmagar os ossos da mulher. Com as coxas pressionou-lhe os quadris como um torno ou uma prensa de uvas, de tal forma que os ossos dela rangeram. Então, gemendo, ela soltou apenas uma palavra:

— Não!

Era o sinal de que se entregava.

Siegfried sentiu a mão de Gunther no seu ombro. Ergueu a mulher quase desmaiada e deitou-a na cama. Depois afastou-se e saiu silenciosamente do quarto. Entre os soluços que agitavam o peito de Brunilde, nem se ouviu o fecho sendo puxado. Fora do quarto, os olhos de Siegfried ostentavam um brilho maldoso de triunfo.

Saiu para a escuridão da noite. Ouviu um bater de asas e, mais ao longe, altos grasnidos. Eram duas gralhas ocultas na folhagem dos plátanos do pátio do castelo. Rumores indistintos chegavam-lhe aos ouvidos. Seriam bandidos ou gnomos que o seguiam? Um calafrio percorreu-lhe a espinha.

Nem percebeu que ainda estava segurando o cinto de Brunilde.

O perverso segredo

Gunther casou-se na igreja com Brunilde e Siegfried com Cremilde. Uma festa se seguia a outra no castelo de Worms. Convidados iam e vinham, realizavam-se competições intermináveis na arena de torneios e caçadas na floresta de Oden. Cremilde não se conformava com o silêncio de Siegfried, seu herói, seu falcão, o Matador de Dragões, sobre os acontecimentos passados e recentes. Queria saber de suas façanhas, como era o dragão, as jóias e pedras preciosas que estavam nos cofres e nos sacos, se era verdade que ele era capaz de tornar-se invisível conforme os boatos que corriam; queria saber também como as coisas se haviam passado na ilha da Isenlândia e se ele realmente tinha uma segunda pele que o tornava imune a qualquer golpe de espada ou de lança.

Ele lhe contou algumas coisas e mostrou-lhe inclusive o lugar em que a folha ficara presa e onde podia ser ferido; teve de confessar não se ter interessado ainda pelo conteúdo das caixas e sacos do tesouro de Nibelungo: era algo que não o preocupava, não sabia sequer o que fazer com o ouro, a prata e as pedras preciosas. Cremilde ficou muito surpresa;, achou que talvez ele não fosse capaz de descrever o tesouro — e nisso estava certa também —, ou então que o marido tinha segredos, pois quando não queria contar-lhe algo dizia simplesmente: "Isso é segredo!", porque era incapaz de inventar histórias ou de mentir.

Cremilde foi queixar-se à sua mãe e esta aconselhou-a:

— Você deve fazer perguntas diretas, e se ele não lhe responder insista novamente, quantas vezes forem necessárias, para ele ficar com pena de você e abrir-se.

Mas ela não fez isso, porque achou que Siegfried ficaria furioso ante tamanha insistência. Apenas uma pergunta ela repetia sempre, sem deixá-lo em paz: que cinto era aquele que havia atirado displicentemente para um canto na noite em que chegara tarde e extremamente cansado? Mas ela bem sabia de quem era o cinto, pois havia visto Brunilde usando-o. Não cessava um instante de perguntar-llhe, insistindo sempre e até chorando.

Por fim Siegfried, não suportando mais aquele assédio, contou-lhe, hesitante, tudo o que ela queria saber.

A briga entre as duas rainhas

Siegfried já não podia adiar o retorno a Xanten para apresentar à corte e à mãe sua jovem mulher como rainha da Nederlândia. Mas ia protelando sempre o dia da viagem. Sentia pesar em separar-se de seus amigos e da movimentada vida na corte de Worms. Também para Cremilde a despedida não seria fácil.

Certo dia, pouco antes da viagem, Siegfried foi convidado para participar de uma caçada a um enorme javali na floresta de Oden. Quanto a Cremilde, queria ir à igreja com algumas damas de companhia para rezar.

Brunilde soube dessa ida à igreja e decidiu comparecer também para ver como ela rezava, pois ignorava como era isso. Quando os sinos da igreja tocaram, convocando os fiéis, ela também foi juntar-se a eles.

Não havia nenhum homem entre os fiéis, pois naquela época a Igreja de Jesus contava com poucos adeptos, tendo conquistado apenas o coração de algumas mulheres.

Cremilde estava subindo os degraus da escadaria da capela do mosteiro, que mais tarde seria uma grande catedral, quando Brunilde chegou. A escada estreitava-se no alto, diante da porta da capela, que estava aberta. O coração da rainha da Burgúndia estava sombrio e cheio de maldade.

Cremilde teve um momento de indecisão, depois baixou a cabeça imperceptivelmente num cumprimento e juntas acabaram de subir os degraus. Estavam apenas a um metro de distância uma da outra, e atrás delas os séquitos das duas rainhas subiam juntos.

Diante do portão da capela, já se achavam lado a lado. Brunilde deu um passo rápido à frente e disse num tom baixo e malévolo:

— Que é isso? Quer passar à frente de uma rainha?

Cremilde, cabisbaixa, respondeu:

— Quero atravessar essa porta, a despeito de quem venha atrás de mim.

Brunilde postou-se diante dela e desafiou:

— Mas espero que não seja a despeito de quem entrar na sua frente.

— Cunhada — perguntou Cremilde —, que significam essas palavras ofensivas?

— Quero ensinar-lhe — respondeu bruscamente Brunilde — que na mesma porta não há lugar para duas mulheres de posições tão diversas.

— Nossas posições não são tão diversas assim — retrucou Cremilde, tentando controlar-se.

— Como é possível a mulher de um vassalo entrar à frente de um rainha?

— Você me faz rir — declarou Cremilde, mas sem rir de modo algum. — A mulher de um vassalo, você diz? Pois fique sabendo que está se dirigindo à esposa de Siegfried da Nederlândia!

— Ele é vassalo do rei da Burgúndia!

— Quem lhe contou essa fábula?

— Ele mesmo! Ou será que além de tudo é um mentiroso? Saia da minha frente, mulher, deixe-me entrar! Não suporto mais sua presença.

Cremilde deu um passo atrás, atônita de ódio.

— Por acaso perdeu o juízo? — conseguiu balbuciar.

— Afaste-se mais um pouco para que meu séquito possa passar. Melhor ainda, junte-se a ele.

— Quer ofender-me? Fique sabendo que seu marido, apesar de ser o rei e meu irmão, é um anão perto do meu. Se ele usa coroa, Siegfried também a usa.

— E o que ele faz com a coroa dele, que nunca ninguém viu? Ora, apenas presta serviços ao rei da Burgúndia.

— Presta serviços a Gunther — volveu Cremilde. — Mas são serviços bem diferentes do que você imagina. E eu lhe digo por que faz isso: por causa do amor que me tem, que para ele é a coisa mais importante do mundo. E isso é digno de um cavaleiro e de um rei.

— Que serviços? Vamos, diga-me.

— Vou dizer-lhe, mas acho que seria melhor se você tapasse os ouvidos.

— Ande, fale, solte de uma vez essa língua!

— Acredita mesmo que o homem com quem divide o leito conjugal venceu-a na competição? Pois está enganada, e quem o sabe ri de você.

— Foi Gunther. Eu sei que não se comportou de forma muito correta, mas foi ele.

— Pois permita-me dizer-lhe que não foi ele. Foi outro. Sua boa fé permitiu que a envolvessem numa farsa. Enganaram-na.

— Que palavras mais sem nexo! Por acaso você bebeu?

— Não foi aquele com quem você divide o trono. Escute bem: foi Siegfried!

— Que está dizendo, cobra venenosa?!

— Foi Gunther quem preparou o veneno e Siegfried quem o ofertou à tola. Ele o fez por minha causa. Não respeitou sua honra, mas afinal que valor ela ainda pode ter?

— Continue, continue com essas mentiras deslavadas e seja breve. Depois saia do meu caminho!

Haviam deixado de lado as maneiras corteses e agora dirigiam-se uma à outra sem nenhuma cerimônia, dando vazão a todo o desprezo que sentiam mutuamente.

— Tenho pena de você, senhora da Isenlândia. Você foi vítima de um logro. Seu marido não teve coragem de enfrentá-la, por isso pediu a Siegfried para fazê-lo. Ele sabia de uma mágica que fez você de palhaça. Foi Siegfried que arremessou a lança que derrubou você, e foi ele que jogou a pedra e saltou. Isso soa como loucura, mas é a verdade. E ainda tem mais.

— Se você tivesse provas para tudo isso! Mas não tem, portanto saia do meu caminho e deixe-me passar.

— Ainda tem mais, e para isso tenho provas. Por uma noite inteira você manteve seu pobre marido afastado de você e deixou-o bem mal. O rei da Burgúndia pendurado num gancho! Que diabo lhe meteu essa idéia na cabeça? Mas para mim tanto faz a honra da Burgúndia, pois serei rainha de um outro reino e não uma rainha que é lograda na própria cama. Eu sei quem está deitado ao meu lado. Por acaso você sabe?

Até então Cremilde mantivera-se delicada e tímida, mas dali em diante o ódio tornou-a violenta. Já não media as palavras, falava duramente:

— Sabe? — repetiu a pergunta, quase gritando. — Por acaso você sabe quem estava ao seu lado na segunda noite? Naquela em que você foi derrotada e pediu misericórdia choramingando? Tudo estava bem escuro, lembra-se? Então você foi dominada e surrada, não por seu marido, mas por alguém bem melhor do que ele. Você ainda sente a força do punho dele nos seus ossos? Pobre mulher, você não foi agarrada por aquele que veio para junto de você, mas por um outro, sobre quem nada sabia! Isso costuma acontecer nos celeiros com as criadas que ordenham. Foi o que aconteceu com você. Foi Siegfried quem a abraçou.

— Sua língua é viperina! — Brunilde conseguiu dizer, mas nesse instante sabia que a outra estava falando a verdade.

— Você foi dominada por Siegfried, e foi ele quem a jogou na cama e depois a deixou para seu marido e se retirou.

Após essas palavras, Cremilde abriu bem o seu casaco. Brunilde encostou-se ao muro, branca como giz. O caminho estava livre. Cremilde atravessou o portão e deixou displicentemente cair o cinto. Nenhuma das damas de seu séquito abaixou-se para pegá-lo. Embora fosse um cinto de cobre com pedrarias, todas passaram por cima dele. Brunilde continuou encostada à parede, olhando fixamente o vazio. Seu rosto estava enxangue.

O sino, que chamava para a missa da manhã e não parara de tocar, silenciou apenas naquele instante.

A morte de Siegfried

Antes de os cavaleiros partirem para a caçada ao grande javali, que até então ninguém havia conseguido enfrentar, Hagen foi ver Cremilde, sua sobrinha. Ajoelhou-se à sua frente, o que nunca havia feito antes — mas agora ela também já não era uma criança — e disse:

— Sobrinha, venho até aqui não como seu tio, mas como o cavaleiro Hagen de Tronje. O que aconteceu é terrível, e muita desgraça ainda pode sobrevir. A honra cavaleiresca exige reparação pela ofensa que a rainha da Burgúndia sofreu.

— Meu Deus! — lamentou-se Cremilde. — Já me arrependi o bastante, e também meu marido repreendeu-me raivosamente por ter revelado seu segredo. Eu devia estar fora de mim.

— Ela sofreu uma grave afronta — continuou Hagen sombriamente. — Como isso poderá ser reparado? Muitos cavaleiros alimentam o desejo de vingança, e o certo é que o melhor de todos eles a consume. Mas o melhor de todos também tem a obrigação de proteger o hóspede. Que dilema! Quem, minha sobrinha, é o melhor cavaleiro da Burgúndia?

— É você, Hagen — respondeu Cremilde, sem vacilar.

— Então dê-me você as ordens. O que deve fazer o melhor cavaleiro da Burgúndia?

— A única coisa que posso pedir-lhe — disse Cremilde, suspirando — é que o proteja, Hagen. Se ele estiver em perigo, então proteja-o.

— Mas dizem que ninguém consegue feri-lo — retrucou Hagen. — Nesse caso ele não precisa de proteção. Mas também dizem que ele tem um lugar nas costa onde pode ser atingido.

— Ele tem um lugar nas costas, do tamanho de um folha de tília, onde é possível feri-lo — confirmou Cremilde.

— Então abençoe esse lugar — disse Hagen. — Eu lho aconselho: abençoe-o.

— Ah, eu o abençoo de corpo e alma! — exclamou Cremilde. — Mas que força possui a minha bênção?

— O Deus de vocês tem essa força — retrucou Hagen. — Ele está pendurado numa cruz e faz magias para os que acreditam nele. Quando rezam, fazem o sinal da cruz e esse sinal garante a proteção. Eu mesmo já vi isso. Se você quiser proteger o lugar em que Siegfried é vulnerável, então faça o sinal da cruz sobre esse lugar. Melhor ainda, borde uma cruz com um fio vermelho sobre o lugar no seu casaco. Aí eu também saberei onde terei que protegê-lo.

Tudo isso Hagen disse com muita astúcia, pois havia prometido à rainha Brunilde matar Siegfried e assim reparar a afronta que ela sofrera.

— Sim, é o que farei — disse Cremilde, feliz. — É uma boa lembrança. Ainda hoje, à noite, bordarei uma cruz sobre seu casaco.

Quando Hagen ia saindo, voltou-se mais uma vez e perguntou:

— E você confirma, sobrinha, que tudo o que contou é verdade?

— Sim, é verdade — respondeu ela. — Foi ele mesmo quem me disse.

— Pior ainda — disse Hagen. Olhou-a mais uma vez, e um pavor gelado apossou-se do coração de Cremilde. Hagen tinha apenas um olho, e ela nunca havia reparado direito como era esse olho. Agora vira-o. Era amarelo como o de uma ave de rapina ou de um lobo.

Como sempre, Siegfried, no seu entusiasmo e fervor pela caça, estava bem à frente de seus companheiros. Apenas um deles estava em seu encalço. Uma fonte de água jorrava do alto desfiladeiro, caindo entre pedras e musgos, álacre como um jovem poldro. Fazia calor e Siegfried ansiava por um gole de água. Deitou-se de bruços para beber. Nesse momento foi atingido por uma lança nas costas com tamanha violência que a dura ponta lhe atravessou e corpo e reapareceu no peito. Apesar da ferida mortal, levantou-se, virou-se e várias vezes disse a palavra "amigos" com a voz terrível e alterada, cambaleando em direção ao assassino. Mas não conseguiu alcançá-lo: caiu morto na orla da mata.

Quando os outros chegaram ao local da desgraça, tudo estava consumado. Queriam virá-lo de costas, mas não era possível por causa da lança. Então arrancaram o ferro, o que fez o sangue jorrar em abundância e o corpo estremecer, depois viraram-no de costas. Seus olhos estavam embaçados, vítreos, e era como se fitassem para dentro.

Gunther, Hagen, Dankwart e muitos outros chegaram correndo, ajoelharam-se em volta dele e acariciaram-lhe cabelo, como se isso pudesse trazer-lhe algum bem-estar. Gunther abaixou-se sobre ele e beijou-o na boca. Todos estavam paralisados, ninguém conseguia dizer palavra.

Hagen, encostado a uma árvore e com o rosto banhado de suor, observava seus companheiros. Sua mão direita estava inchada, como se ele tivesse um tumor. Repentinamente, deu meia-volta e retirou-se.

A terrível notícia espalhou-se com a rapidez do vento. Voou à frente dos caçadores, batedores e servos, correu levada por pés selvagens através da floresta, vibrou no ar como o vôo dos pássaros e chegou ao castelo muito antes dos caçadores. O cortejo fúnebre movimentava-se lentamente, numa lentidão paralisante. Os homens caminhavam cabisbaixos, a maca com a carga coberta por panos parecia não querer sair do lugar. Era como se ninguém tivesse coragem de chegar a casa e ser o primeiro a falar. Muito antes que fosse vista a maca envolvida em panos brancos e carregada pelos batedores, a notícia espalhara-se trazida por não se sabe quem e foi sussurrada de boca em boca e de sala em sala. Quando Cremilde conseguiu compreender o inconcebível — seu senhor, seu falcão, seu herói havia sido assassinado —, não soltou um único grito. Soube imediatamente que a lança entrara no corpo do amado no lugar onde ela havia bordado a cruz, tirando a vida do seu maravilhoso coração.

A maca foi depositada no meio do salão de festas e imediatamente foram retirados os panos que o cobriam. Lá estava ele, diante de todos, e todos testemunharam o terrível delito cometido. Cremilde ficou ali de pé, ao lado do morto, imóvel como uma estátua, ordenando que todos os cavaleiros viessem até ali e se ajoelhassem diante dele.

Quando chegou a vez de Hagen, ele não se ajoelhou. Nesse momento, a terrível ferida no peito de Siegfried se abriu: o sangue jorrou, molhando os panos e o esquife, caiu

no assoalho e não estancava mais. Todos os que ali estavam acotovelaram-se para sair, gritando de horror.

Apenas Hagen, obstinado, ergueu a cabeça e seus olhos de lobo, seus olhos amarelos de ave de rapina, fixaram-se em Cremilde. Os dois enfrentaram-se, olho no olho.

No olhar de Cremilde estava escrito: "Você pagará por isso. Toda a Burgúndia pagará por isso. Todos vocês pagarão terrivelmente por isso". Seu semblante já não era jovem nem belo. Estava petrificado: a dor empedernira-o de uma hora para outra, e seus olhos eram duros como granito.

Quando, defronte do portão do castelo, na arena de torneios, foram empilhados os troncos para a fogueira na qual o cadáver seria queimado, Cremilde, sua mãe Ute e as mulheres fecharam-se em seus quartos e puxaram as cortinas das janelas. Fora isso que Cremilde ordenara.

Por três dias as portas permaneceram trancadas. Em nenhum desses dias os cavaleiros usaram as armaduras nem as espadas. Ninguém se alimentou. Um silêncio mortal pairava sobre o castelo. Apenas os cães, presos nos canis, latiam sem parar, ladravam dia e noite, ganindo de raiva, de fome e de horror. Os ganidos soavam como um canto fúnebre entoado no reino dos mortos em virtude daquele incompreensível delito.

No momento em que os archotes atearam fogo à madeira e as chamas se elevaram rapidamente, crepitando nas alturas, o portão se abriu e Brunilde apareceu. Usava os trajes que vestia quando era rainha da Isenlândia, um linho grosseiro e cinzento amarrado por um cinto, o fatídico cinto que Siegfried lhe arrancara das mãos e que Cremilde jogara aos pés dela.

Avançou com passos decididos, passos de um cavaleiro e guerreiro, em direção à fogueira, na qual ainda estavam apoiadas as duas escadas usadas para transportar o cadáver até o alto. Subiu numa delas para dentro das chamas, que a envolveram imediatamente, dançando à sua volta. E depois não se viu mais nada. Morreu queimada ao lado do cadáver de Siegfried.

O que aconteceu depois

Após esses acontecimentos, um silêncio sepulcral alastrou-se pelo castelo. Era como se todos estivessem entorpecidos, nobres, cavaleiros, damas e também a criadagem. Já não havia festas, nem torneios e nem caçadas. Os companheiros de Siegfried desapareceram sem despedir-se e nunca mais ninguém soube deles. A dor estava aninhada nos salões e nos quartos, era uma tristeza sem fim. O céu sobre a Burgúndia estava escuro. Se algum exército de dinamarqueses ou saxões resolvesse assaltar o reino, tê-lo-iam conquistado sem o menor esforço.

Somente um pessoa permanecia ativa e movimentava-se em segredo. Era Cremilde, que tramava a sua vingança. Escolheu dois jovens cavaleiros de confiança para serem seus aliados e mandou-os buscar o tesouro de Siegfried, o tesouro de Nibelungo, cujo esconderijo ela conhecia. Siegfried havia-lhe dito que apenas com a senha "Cremilde" o guardião Alberico entregaria quanto ela desejasse.

Os dois partiram acompanhados de um pequeno grupo de servos mudos, que assim não poderiam dar com a língua nos dentes e que também não sabiam o que iriam fazer. Após longa viagem de barco pelo Reno e depois a cavalo, chegaram ao castelo em ruínas em cujos porões se achava o tesouro guardado por Alberico. Disseram a senha ao anão, Alberico conduziu-os ao interior do castelo e entregou-lhes caixas e sacos, tantos quanto seus cavalos podiam carregar.

E assim partiram. Levavam consigo apenas uma parte do imenso tesouro. O que foi feito do resto ninguém nunca soube. Apesar de muitos o haverem procurado, ninguém conseguiu encontrar o castelo em ruínas, escondido nas profundezas da floresta. Para sempre ficaram ocultas as riquezas do rei Nibelungo, como se o velho Alberico tivesse feito o tesouro evaporar-se com uma palavra mágica ou como se ele tivesse sido engolido pelo solo da floresta, transformando-se em pântano.

Os dois cavaleiros, fiéis a Cremilde, regressaram com sua carga, mas não foram até o castelo, onde seria impossível esconder as caixas e os sacos. Obedecendo às ordens de sua senhora, guardaram o tesouro no meio de uma densa vegetação de caniços, à beira do rio Reno, onde deveria ficar até que Cremilde precisasse dele.

Com esse tesouro ela pretendia angariar amigos, aliados e também estrangeiros, guerreiros a soldo, aventureiros, com a ajuda dos quais contava vingar-se de Hagen, de Gunther e também de toda a Burgúndia.

Hagen, entretanto, que se mantivera alerta, ficou sabendo das intenções de Cremilde. Com astúcia e perfídia, persuasão e interrogatório e até ameaças, conseguiu descobrir onde estava escondido o tesouro.

Assim, dirigiu-se sozinho até o esconderijo no meio da vegetação de caniços, colocou em um bote todos os sacos e caixas, cujo conteúdo nem se dignou olhar, remou até o meio do rio e no lugar mais fundo jogou tudo na água. Seus olhos de lobo brilhavam maldosamente enquanto abria os sacos e via todo aquele ouro, prata e jóias de inestimável valor, afundar silenciosamente na água.

E assim o tesouro de Nibelungo desapareceu e muitos homens, por séculos e séculos, em vão tentaram achar o lugar onde o ouro afundou no leito lamacento do rio .

Cremilde ficou sabendo que também o seu ouro fora roubado, e sua raiva e desejo de vingança não tiveram limites. Ela não sabia que o ouro fora jogado no Reno. Acreditava que Hagen o tivesse roubado e escondido.

Um dia apareceram no castelo de Worms dois mensageiros enviados por Átila, rei dos hunos, que foram recebidos e servidos com todas as honras, pois Átila era um poderoso soberano que subjugara a metade dos reinos europeus, obrigando-os a pagar-lhe tributos.

Os dois mensageiros, que se chamavam Schwemmel e Werbel, não eram hunos, mas mestiços, em parte hunos e em parte boêmios, húngaros ou godos. Traziam presentes para Cremilde, pois era ela a causa da viagem deles até Worms. Ela mal olhou para os ricos presentes que lhe ofertavam, mas ouviu com atenção o que Átila lhes mandara transmitir: pedia-a em casamento.

— O maior soberano de todos os reinos — disseram eles, revezando-se — nosso senhor e mestre e senhor e mestre de incontáveis povos e reis, Átila, ouviu falar de sua beleza e de sua virtude e deixou-se convencer por testemunhas, que atestaram a veracidade desses boatos, de que não há ninguém mais digna do que vós para sentar-se ao lado dele e, como sua mulher, ser rainha de incontáveis povos e reis.

Em seguida enumeraram povos e reis dos quais ninguém havia ouvido falar em Worms, e essa enumeração parecia não ter fim, de forma que aqueles que estavam ao lado de Cremilde ficaram deslumbrados ante tamanho poder e glória.

Todos os presentes, e principalmente Cremilde, não aprovaram o fato de Átila ter enviado dois mensageiros que nem eram de linhagem real e nem nobres para transmitir o pedido de casamento. Quando os dois, por fim, se calaram, ela disse:

— Nunca chegou aos nossos ouvidos o nome de vocês. Por que o seu poderoso soberano não mandou um rei para transmitir a mim, uma rainha, o seu pedido, o que teria sido mais digno e mais elegante? Expliquem-me, pois estou muito admirada: por que ele mandou dois mensageiros desconhecidos para uma missão de tal magnitude?

— Não somos pessoas desconhecidas — disse um deles, magoado —, e na terra onde vivemos somos importantes. Lá todos sabem quem são os mensageiros mais rápidos do reino, e foi por isso que viemos.

— Nós apenas preparamos o terreno — disse o outro. — Pois quando chegar, mais tarde, o verdadeiro emissário, um rei de alta posição, para transmitir o pedido de Átila, então a senhora, nobre princesa, já terá pensado e não haverá maiores delongas para a resposta.

Satisfeita, Cremilde concordou e depois perguntou quem era o verdadeiro emissário.

— É o conde Rüdiger de Bechelaren. Com certeza a senhora não desconhece esse nobre e famoso cavaleiro — responderam Werbel e Schwemmel. — Ele está a caminho. Nós partimos depois dele e o ultrapassamos. Como o conde Rüdiger vem acompanhado por um grande séquito e também traz presentes, movimenta-se com lentidão. Além disso ninguém viaja mais rápido que Werbel e Schemmel, montados em fortes e ligeiros cavalos hunos, sem séquito e com poucos presentes.

— Então prefiro aguardar Rüdiger de Bechelaren para dar a minha resposta — concluiu Cremilde, dispensando os dois arautos. Ela gostou de lhe haver sido dado tempo para amadurecer sua decisão, apesar de seu primeiro pensamento ter sido o de que ao lado do poderoso rei huno ela teria poder para consumar a sua vingança. Pois a única coisa em que pensava era nessa vindita.

Demorou alguns dias mais até que chegasse Rüdiger, conde de Bechelaren, reino situado mais para o Oriente. Os burgúndios conheciam-no muito bem. Optara por servir a Átila, pois se tivesse resistido aos hunos seu pacífico reino teria sido esmagado e extinto. Mesmo assim era um príncipe e um cavaleiro muito rico e conceituado, como tantos outros que estavam submetidos a Átila. Era uma pessoa branda e nobre, um homem tranqüilo e pacífico, e também um cavaleiro honrado. Emissário melhor o rei huno não poderia ter encontrado. Foi recebido no castelo de Worms com uma alegria como igual havia muito não se via por ali.

Que ele tenha demorado tanto para chegar, muito tempo depois dos dois velozes mensageiros, não era de admirar. Viajara acompanhado de um grande séquito, formado por escudeiros, criados e muita bagagem, e também por damas e criadas para servir à noiva Cremilde caso ela retornasse com eles, pois tal era a expectativa de Rüdiger e de Átila. O huno não aceitava que uma mulher pudesse perder tempo em enfeitar-se.

— Meu suserano Átila, o rei dos hunos — disse Rüdiger —, soube que a senhora, Cremilde, perdeu o esposo, o príncipe da Nederlândia, Siegfried, o Matador de Dragões, o herói maravilhoso. E ele mesmo está muito triste com a morte de sua amada esposa Helke. A fama de sua beleza e virtude despertou um desejo ardente em seu coração: ter a senhora como esposa, como rainha de todos os seus reinos e povos, se a senhora aceder ao seu pedido. Foi por isso que me enviou, para pedi-la em casamento em nome dele e acompanhá-la ao país dos hunos. Como vê, tudo está organizado e preparado. E acredite-me: a senhora terá do bom e do melhor e será tratada com todas as honras durante a viagem e depois dela.

Assim falou Rüdiger de Bechelaren, que não dirigiu a palavra a Gunther, mas a Cremilde, pois como ela era rainha da Nederlândia a palavra dele já não tinha poder sobre ela, como antes. Além disso, o conde tinha atrás de si o poder do rei dos hunos e não precisava preocupar-se com um sim ou com um não do rei da Burgúndia. Gunther sabia de tudo isso e avisou à irmã que a decisão era apenas dela.

— Rüdiger — disse Cremilde —, o senhor sabe que o rei dos hunos é um homem distante e desconhecido, e assim também o seu povo. Preciso dizer-lhe, e é importante que seu suserano o saiba, que já não há lugar para o amor em meu coração desde que perdi o maravilhoso Siegfried...

Ela parou, mas Rüddiger continuou sua fala:

— O rei Átila sabe disso. Ele está velho e não espera o amor de uma amante, mas a fidelidade de uma nobre mulher. Por isso lhe pede para pensar em tudo isso e, quando a senhora tiver tomado sua decisão, conceder-lhe a sua mão. Está tudo preparado para a sua partida.

— Preciso tomar algumas providências — disse Cremilde. Isso significava que ela havia já dado o seu consentimento. Rüdiger, contentíssimo, com uma profunda mesura prometeu-lhe eterna fidelidade. Então ela perguntou:

— O senhor será capaz de jurar que me vingará de uma injustiça que me foi feita?

Rüdiger jurou. Mais tarde iria arrepender-se amargamente de tal juramento.

Cremilde disse então que não precisava de muito tempo para seus preparativos: poderia fazê-los em apenas um dia. Escolheu três de suas criadas de mais confiança para acompanhá-la e para ficar junto dela no estrangeiro, caso a saudade de casa não as chamasse de volta a Worms. Ela mesma nunca iria sentir saudade dali, por causa da imensa dor que lhe fora imposta.

Assim, despediu-se friamente de todos. Só abraçou com carinho sua mãe e também seu irmão Giselher, que era um pouco mais velho que ela. E, sem derramar uma só lágrima, pois nela as lágrimas estavam definitivamente estancadas, partiu com o bem-organizado séquito de Rüdiger.

Três acontecimentos à margem do rio Danúbio

Três anos se passaram. Cremilde era soberana dos hunos, um povo estranho e bárbaro, ao lado do poderoso Átila, que já não era tão bárbaro e cruel como antes. Era apenas um homem velho e cansado, que desde a morte de sua amada Helke já não tinha esperanças de amar alguém. Mas preocupava-se com Cremilde, por ela nunca demonstrar alegria e nem sorrir. O fato é que Cremilde só pensava em sua vingança, apesar de não saber como realizá-la.

Um dia Átila disse-lhe:

— Convide os seus irmãos e amigos de Worms para virem aqui durante a festa do solstício para celebrá-la com você e para que você sinta alguma alegria, pois vejo que a saudade a faz sofrer muito.

Cremilde ouviu atentamente essas palavras, depois ficou pensativa e de repente percebeu como se vingaria daquela gente. Pela primeira vez sorriu e agradeceu ao seu esposo. Sem perda de tempo, chamou Werbel e Schwemmel, os mais rápidos mensageiros do reino, e confiou-lhes a mensagem que deveriam transmitir ao rei Gunther da Burgúndia:

— Venham todos os que não me esqueceram à corte do meu esposo Átila para celebrarmos juntos a festa do solstício, para alegrarmo-nos com o nosso reencontro e esquecermos todos os rancores do passado. Hagen de Tronje deve guiar vocês, pois é ele quem melhor conhece o caminho.

Ela insistiu com os mensageiros para que não se esquecessem da última frase. Werbel e Schwemmel partiram imediatamente, montados em seus resistentes cavalos da estepe, céleres como o vento.

Quando chegaram a Worms e transmitiram a mensagem, houve alegria geral na corte de Gunther. Todos os cavaleiros queriam ir, mas Hagen disse:

— Seremos hóspedes de uma mulher que tem ódio e desejo de vingança no coração. A vingança dela está suspensa sobre nós como uma espada, e ai daquele que adormecer sob essa ameaça. É uma mulher irascível, e em seu coração arde o desejo de vingança.

— Sua fala é sombria, Hagen — retrucou Gunther, reprovando o amigo. — Então não está evidente que Cremilde nos convidou porque seu coração está saudoso?

— Toda viagem tem os seus riscos, somos em grande número e estamos bem armados — disse outro.

Mas ninguém teve coragem de dizer: "Por acaso, carrancudo Hagen, você está com medo?". Mas olharam-no com tanta estranheza que ele gritou encolerizado:

— Está bem, então vamos! Se todos cavalgarmos em direção à morte, não precisaremos esperá-la numa velhice aborrecida. Ao menos o nosso fim sobrevirá durante uma batalha divertida.

Mesmo assim insistiu em que muitos os acompanhassem. Ao cabo eram quase cinqüenta cavaleiros, entre os quais escudeiros e servos, formando um pequeno exército fortemente armado, pois teriam de atravessar regiões sem lei e sem justiça, povoadas por bandidos e salteadores.

Cavalgaram bem dispostos. Não sabendo o que os deuses tramavam para eles, alegrava-os o reencontro com a bela Cremilde, que não viam havia muito tempo.

Quando chegaram às margens do rio Danúbio, que naquele lugar era largo e caudaloso, encontraram uma balsa. Mas o balseiro não queria levá-los para o outro lado.

— Não é possível, pessoal. Tantos viajantes com armas e cavalos! Vocês são um exército Que estão pensando?

— Queremos passar para a outra margem, apenas isso — disse Hagen, irritado.

O homem, um sujeito forte de densa barba vermelha e boné de marinheiro, apoiou-se ao remo e retrucou obstinado:

— Se os senhores estão numa expedição de saque, então podem desistir. Meu soberano não tolera isso.

— Pouco me importa quem é o seu soberano! — gritou Hagen. Pulou para a balsa e o balseiro, raivoso, bateu com remo na cabeça de Hagen, que, também fora de si, empurrou o homem para a água. A correnteza arrastou-o e em pouco tempo ele desapareceu, levado pelas águas.

Enquanto isso a noite caiu. Os cavaleiros resolveram pernoitar ali à beira do rio e atravessar o Danúbio apenas no dia seguinte.

Hagen acordou cedo, pois não conseguia dormir, e ainda na escuridão do amanhecer resolveu andar de um lado para outro pela margem do rio, observando a água envolta pela neblina. Então ouviu um chapinhar e viu duas moças brincando no rio. As roupas delas estavam no meio do caniço, bem aos seus pés. Abaixou-se e pegou as roupas, que pareciam de espuma. As moças também já o haviam visto e, gorjeando como pássaros, gritaram:

— Senhor Hagen, será que não nos daria também um monte de ouro como aquele que jogou no Reno?

Então ele teve certeza de que eram ondinas, as ninfas das águas. Pensou um pouco e depois perguntou-lhes:

— Essas roupas são de vocês, fadas das águas?

— Sim — responderam elas —, não mexa nelas, são de espuma e se desfazem!

—- E para que vocês precisam de roupas? — indagou ele. — Vocês mesmas são apenas de espuma!

— Precisamos das roupas para nos aquecermos — responderam num riso sonoro.— Não toque nelas. O que o senhor quer para não mexer nelas?

— Vocês devem dizer-me o que acontecerá conosco — respondeu Hagen.

— Vocês serão recebidos festivamente. — disseram elas, rindo e gorjeando. — Mas nenhum de vocês voltará, exceto um. — E chapinhavam na água.

— Mas isso não é tudo. Quem é que voltará? Quero saber.

— O capelão! — responderam, rindo sempre. Logo depois desapareceram. Restou apenas a neblina, que começou a subir lentamente, permitindo a passagem dos raios do sol. A espuma no meio dos caniços foi levada por uma onda e se desfez.

Hagen sentiu um calafrio. O capelão acompanhava os cavaleiros em atenção ao pedido da velha mãe Ute. No momento em que faziam a travessia e a balsa ia de uma margem à outra várias vezes, Hagen ficou atento para seguir junto com o capelão. Ao atingirem o meio do rio, dirigiu-se ao capelão, coisa que nunca havia feito até então:

— Não será o você o homem que retornará. O que as ondinas profetizaram não será verdade.

E, ato contínuo, levantou o homem atônito e jogou-o na água como um animal morto, pois ele era pequeno e leve e nem se defendeu. O infeliz afundou lentamente e num instante foi arrastado pela correnteza.

Mas não morreu afogado. Sua grande batina inflou-se e ele foi levado como um sino sobre a superfície da água. A correnteza fez o padre girar várias vezes, e os homens na balsa gargalhavam ao lhe verem os olhos aterrorizados. Apenas Hagen não riu. O capelão seguia rio abaixo como uma ilha de juncos, sem fazer um único movimento, até que parou junto à margem. A última coisa que viram foi ele de pé no meio dos caniços, olhando-os com ar de censura.

Hagen sentiu um frio gélido percorrer-lhe a espinha.

O último refúgio tranqüilo

Ao chegarem a Bechelaren foram recebidos pelo conde Rüdiger e sua mulher Gotlinda com uma cordialidade e hospitalidade que antes nunca haviam encontrado. Rüdiger fora avisado por Werbel e Schwemmel da chegada dos burgúndios, e assim tudo estava preparado. Contente pelo reencontro e também pela distração, cavalgou em direção à comitiva. Quando chegou a casa chamou Gotlinda e a filhinha deles, Dietlinde, e disse-lhes em que ordem os convidados deveriam ser cumprimentados: em primeiro lugar, com um beijo, Gunther, Gernot e Giselher, os três reis, como ele os chamava; depois Hagen, Volker e Dankwart, os restantes com uma mesura e os servos com um movimento da cabeça.

Dietlinde, moça de dezessete anos, ficou acanhada, pois não queria beijar homens estranhos. Ao aproximar-se de Hagen, sentiu calafrios, começou a suar e, de olhos cerrados, roçou a face no rosto cheio de cicatrizes dele. Mas quando chegou a vez de Giselher ambos se beijaram, corando até a ponta da orelha.

Coroados com flores e animados com vinho, todos se sentiam como deuses bem-aventurados. Além disso foram convidados a ficar o tempo que desejassem. Mas a festa do solstício já estava próxima, o que os deixou num doloroso dilema: entre a hospitalidade sedutora no castelo de Bechelaren e a saudade de Cremilde. Por fim decidiram ficar quatro dias, que se escoaram velozmente.

No momento das despedidas, o amor entre Giselher e Dietlinde havia florescido docemente. Todavia, quando os cavaleiros montaram em seus cavalos, Dietlinde foi sacudida por soluços angustiantes. Aos gritos soltou-se dos braços de Giselher, entrou correndo em casa, atravessou o salão até chegar ao seu quarto, onde se jogou sobre a cama, presa de um horror inexplicável. Depois parou de gritar. Seus olhos cheios de medo fixaram-se no vazio, e quando sua mãe entrou para consolá-la, ela balbuciou:

— Estou vendo: eles caminham para a morte, todos eles, todos eles!

Os convidados quase haviam desaparecido quando o conde Rüdiger foi tomado por um estranho sentimento que o obrigava a ir ao encontro de seus amigos, como se tivesse de protegê-los. Despediu-se às pressas de Gotlinda e cavalgou na direção deles.

O combate no salão dos hunos

Por fim chegaram ao acampamento dos hunos. Não era uma cidade, nem um castelo, mas um acampamento militar, uma cidade de tendas. O salão de festas onde os hóspedes foram recepcionado era uma construção de madeira. O séquito e a criadagem foram conduzidos a um cercado onde havia barracas e cabanas feitas de barro e cobertas de palha. Os hunos da nobreza não viviam em casas, e a multidão de soldados dormia no chão duro.

Um famoso cavaleiro e herói, conhecido em todos os reinos, veio receber os burgúndios em nome de Etzel e Cremilde. Era Dietrich de Berna, rei dos godos e lombardos, que, como Rüdiger e muitos outros príncipes e reis, era vassalo do soberano huno. Ele chamava o soberano huno, como era uso entre os vassalos de língua alemã, de Etzel. Disse que Etzel e Cremilde transmitiam suas boas-vindas aos hóspedes e pediam que se dirigissem ao salão de festas depois de se refrescarem e descansarem. Atrás de Dietrich estava o seu velho mestre-de-armas Hildebrando, de barba branca e de estatura tão agigantada quanto Dietrich e Hagen de Tronje, e que também saudou os recém-chegados.

Quando entraram no salão, a noite já havia descido e eles mal sabiam onde se encontravam, tão estranho lhes era aquele ambiente. O telhado era de troncos de árvores e um terraço acessível por inúmeros degraus circundava toda a construção. No interior do salão inúmeros archotes presos às paredes iluminavam com suas luzes tremulantes uma comprida mesa coberta de pêlos de animais onde estavam sentadas, imóveis, algumas figuras diante de cântaros e tigelas. Junto às paredes, enfeitadas com cabeças de cavalos, havia grupos de homens desarmados e silenciosos; alguns, de aspecto estranho e de pequena estatura, eram hunos; os demais eram semelhantes aos burgúndios, e entre eles encontrava-se o próprio Rüdiger.

Quando os convidados entraram no salão, mantiveram suas armaduras e espadas, como Hagen aconselhara. Atrás deles, um homem avisou:

— Não se usam armas à mesa do rei. Coloquem as armas ali no canto, senhores.

— Entre nós é costume usá-las — respondeu Hagen. — Permita-nos participar do banquete segundo os nossos usos.

Aproximaram-se da mesa e pararam diante da mulher que um dia fora a jovem e amada princesa Cremilde. Seu rosto estava magro e marcado de rugas, a boca era dura e amarga e os cabelos tinham uns tons cinzentos. No seu rosto pálido, os olhos estreitaram-se, fixando-os sem vê-los.

Ao seu lado estava aquele que era chamado de senhor do mundo, o soberano mais poderoso desde a época de César. Era Átila ou Etzel, como lhe chamavam, pequeno e velho. O rosto de largas maçãs e olhos puxados estava todo enrugado, semelhante a couro curtido, e a cabeça era calva. Suas feições não se alteraram nem naquele momento e nem mais tarde.

Gunther e seus irmãos, assim como Hagen, Volker e Ortwin, estavam diante Cremilde, enquanto os outros permaneciam no fundo do salão, esperando, segundo o costume da corte, que lhes fossem dirigidas as palavras de saudação. Cremilde disse ao seu irmão mais novo:

— Giselher, meu irmão, seja bem-vindo!

Ouviu-se um murmúrio irado de Hagen, como se uma porta rangesse:

— Que forma desigual de cumprimentar os convidados! Não foi uma boa idéia viajar até aqui!

— Digam, meus irmãos — continuou ela —, e também vocês, cavaleiros, o que trouxeram para mim de Worms? Talvez um tesouro, o tesouro de Nibelungo ou outro qualquer?

— Mas que conversa é esta? — retorquiu Gunther. — Será que somos tão ricos para podermos trazer tesouros em nossa bagagem?

— O tesouro que pertencia a Siegfried — disse ela em tom gélido. — Onde está ele? Era meu, vocês deviam tê-lo trazido para mim.

— Há muito tempo — disse Hagen — esse tesouro já não existe. Ele está no fundo do Reno, para que não cause mais desgraças. Ninguém o tirará de lá.

Então alguém bateu palmas, provavelmente o mordomo-mor do rei huno, ao mesmo tempo que gritava:

— À mesa, senhores, à mesa, com armas ou sem armas, como quiserem!

Essas palavras soaram como uma ordem dada a pajens. Por um momento os burgúndios ficaram indecisos, pois de fato era tolo e grosseiro sentar-se à mesa com armaduras e espadas. Mas depois, aos poucos, sentaram-se. Também os cavaleiros Dietrich, Hildebrando, Rüdiger e outros tomaram assento à mesa. Apenas Dankwart não se sentou, tendo saído para ver como estavam instalados os criados, pois essa era a sua obrigação.

Átila tinha um irmão caçula que se chamava Blödel, o qual Cremilde havia conquistado para sua causa em troca de muito ouro, que ela nem possuía. Assim Blödel planejara atacar, com um bando de guerreiros hunos, os criados dos hóspedes e matá-los para que a luta se iniciasse com esse ataque.

No momento em que os pratos eram servidos e as canecas se enchiam de vinhos, ouviu-se um tumulto e uma feroz gritaria vindos de fora. A porta foi escancarada de um golpe e Dankwart surgiu na soleira, fora de si e empunhando a espada manchada de sangue, gritando:

— Morte! Traição! Mataram todos os nossos homens! Defendam-se!

Blödel havia começado o assalto cedo demais. Atacara com seus guerreiros os criados dos burgúndios e sem nenhum esforço liquidara a todos, pois estavam desprevenidos e desarmados. O único que se defendeu com a espada em punho foi Dankwart, que, batendo-se corajosamente, conseguiu escapar da matança. Avançou até o meio do salão e gritou de novo:

— Morte! Traição! Os cães se abateram sobre nós!

Como se fossem um único homem, os burgúndios arredaram as cadeiras e desembainharam as espadas. Hagen virou-se, pois sempre achava que alguém podia atacá-lo pelas costas, mas era apenas um menino que ali estava, Ortlieb, um dos filhos de Átila. Hagen percebeu que a desgraça havia começado. Já não havia volta e reconciliação. O sangue subiu-lhe à cabeça: sentiu o cabo da boa espada Balmung em sua mão, que ele havia tirado de Siegfried quando este morrera, porque era a espada de um herói e lhe daria sorte, mas agora não lhe daria mais sorte, apenas vingança e morte. Antes mesmo que percebesse o que estava fazendo, decepou a cabeça do menino Ortlieb com um único golpe.

Os hunos mais próximos atacaram os burgúndios, com os sabres encurvados à mão, pois também eles estiveram armados o tempo todo. Outros, vindos de fora, forçaram a entrada no salão mas foram massacrados pelos convidados, que permaneceram junto à porta e não se haviam sentado à mesa. As lâminas silvaram mais de cem vezes e o sangue começou a jorrar. As espadas dos convidados traídos causavam terrível estrago entre os agressores.

Dietrich, Hildebrando e Rüdiger mais os seus homens estavam preocupados com Átila e Cremilde e formaram um cordão protetor em torno dos dois. Dietrich bradou com a mão em concha:

— Parem e escutem-me! — Todas as armas baixaram. Ouvia-se apenas o arquejar dos guerreiros. — Exijo passagem livre para o rei Etzel e a rainha Cremilde. E também para mim e os homens de Rüdiger. Não temos nenhuma contenda com vocês e nem com os hunos.

— De acordo! — gritou Gunther.

— Nenhum huno deixará o salão. O combate vai começar, senhora Cremilde! — aparteou Hagen.

Então os homens de Dietrich e de Gunther, cercando o régio casal, retiraram-se. O poderoso soberano huno tinha de ser amparado para andar, pois estava muito velho e alquebrado e os acontecimentos pareciam ter-lhe perturbado a cabeça.

Os burgúndios acuavam os hunos no salão, apesar de seu número ser três vezes inferior ao dos agressores, que se acotovelavam do lado de fora, tentando entrar. Os hunos tombavam aos montes, e o sangue já alagava todo o chão. Quando o último huno caiu e nenhum mais teve coragem de entrar, podia-se ver que também entre os burgúndios alguns haviam encontrado a morte.

Passou-se uma hora. Os cavaleiros descansavam, bebiam vinho dos cântaros ainda cheios e pensavam suas feridas quando do lado de fora se ouviu a voz de um dos cavaleiros que servia a Átila. Era Iring, o dinamarquês.

— Ouçam, burgúndios! — Muitos acorreram até à soleira da porta. Embaixo, nos primeiros degraus, estava Cremilde, ereta e imóvel como uma estátua, envolta num manto preto. Iring continuou: — A senhora manda-lhes avisar o seguinte: entreguem Hagen de Tronje; então todos os outros poderão retirar-se sem ser incomodados.

— Nada disso, irmã, você está desonrando o direito de hospitalidade! — gritou Gunther, sem vacilar. — Ficaremos juntos!

— E o direito de hospitalidade de que gozava Siegfried, meu marido, vocês por acaso respeitaram? — perguntou Cremilde em tom incisivo.

A essa pergunta os burgúndios não souberam dar resposta.

Logo depois um grupo de assalto de hunos subiu as escada do terraço tentando invadir o salão. Mas já lá fora os cavaleiros rebateram-nos fazendo estragos terríveis. Pouco tempo depois era impossível ficar de pé nos degraus, tão escorregadios ficaram por causa do sangue. Quando o assalto arrefeceu, cem homens haviam perdido a vida. Também os burgúndios contaram algumas perdas. Cremilde observava a luta de longe, imóvel, sem contrair um músculo da face.

Ouviu-se novamente a voz de Iring:

— Entreguem Hagen de Tronje!

— A culpa é de todos nós! Não quebraremos a lealdade que nos une! — retrucou Gunther.

Os hunos tornaram a assaltar o salão, e mais uns cem deles perderam a vida. O exíguo grupo de cavaleiros foi diminuindo. Mais uma vez, acima da pesada respiração dos sobreviventes, a voz de Iring se fez ouvir:

— Entreguem Hagen de Tronje!

— Não! — foi a resposta.

As vigas de madeira do teto começaram a crepitar. Labaredas erguiam-se, rolos de fumaça avançavam. Os hunos haviam resolvido usar outra arma: atiraram flechas incendiárias sobre o telhado. Aqui e ali, vigas em chamas despencaram sobre o salão. Mas os cavaleiros ergueram seus escudos sobre as cabeças, protegendo-se do fogo e das vigas em chamas. O chão, que era de ladrilhos, não pegou fogo, pois além do mais estava encharcado de sangue.

Por muito tempo nada aconteceu. Hagen e Volker sentaram-se no alto da escada, mantendo a guarda. As lâminas desembainhadas repousavam sobre seus joelhos: nenhum huno se atreveria a aproximar-se. Os demais cavaleiros dormiam.

Na manhã seguinte ouviu-se novamente o grito:

— Entreguem Hagen!

— Não! — foi de novo a resposta.

Então Cremilde pediu ao conde Rüdiger para que entrasse na luta. Primeiro pediu, depois ordenou. Ele suplicou para que fosse dispensado dessa tarefa. Como combateria os amigos que foram hóspedes em sua casa? E o jovem que sua filha amava?

— O senhor fez o juramento de fidelidade ao seu suserano — disse Cremilde, dura, indicando os chefes hunos que estavam ao seu lado com um sorriso de desprezo nos lábios. — Quer ser objeto de zombaria? Por acaso está com medo? — Rüdiger chorava. Por fim ela disse: — Esqueceu-se de que me prometeu vingar uma injustiça que me foi feita? Foi quando o senhor esteve em Worms para transmitir o pedido de casamento.

A essas palavras, Rüdiger vestiu sua armadura e mandou seus homens também se armarem. Em seguida subiram juntos a escada em direção ao salão. Volker, quando viu os homens se aproximando, gritou:

— Não temos nada contra você, Rüdiger! Não é com você que queremos lutar.

— Mas assim terá de ser, Volker — retrucou Rüdiger, tristonho. — Deixe-me passar.

Ele não vira que Rüdiger chorava.

— Você pode passar — disse Volker. — Não tocaremos em um fio de seu cabelo. Nossas lâminas estão afiadas para outros.

Rüdiger entrou no salão seguido por seus dez fiéis cavaleiros.

— Estou preso à rainha por um juramento! Ela me ordena lutar e aqui estou. Vocês que ainda estão vivos devem entregar-se.

— E é você quem vai fazer isso, pobre Rüdiger? — perguntou Gernot.

— Sim — disse Rüdiger. Nesse momento todos perceberam que ele chorava. As lágrimas escorriam-lhe pela face.

— Como me foi ordenado tirar a vida de vocês, que foram meus hóspedes, também não quero mais continuar vivo. Há alguém que queira medir forças comigo pela honra?

Muitos entre os burgúndios também choravam. Gernot apresentou-se:

— Eu quero lutar com você, caro Rüdiger, pela honra, pois também a minha vida já não tem nenhum valor. Antes seja você a tirar a minha vida que um desses malditos hunos.

Dizendo isso colocou seu capacete, mas logo percebeu que aquilo não tinha sentido e tornou a tirá-lo. Rüdiger compreendeu-o e também tirou o seu. Depois beijaram-se. Levantaram as espadas e lutaram sem capacete e sem escudo. Foi uma luta como igual jamais se viu. Enterraram ao mesmo tempo as espadas um na garganta do outro, e os dois caíram e morreram sem dizer palavra.

Em seguida os cavaleiros de Rüdiger desembainharam as espadas e lutaram contra os burgúndios para igualmente morrerem, pois também para eles já não havia honra. Eram dez, lutaram homem contra homem e todos morreram..

O teto continuava em fogo. Quando Cremilde soube do que aconteceu, chorou pela primeira vez e gritou:

— Deuses cruéis, quanto sacrifício ainda exigirão até que se encontre o verdadeiro culpado?

Durante certo tempo reinou um silêncio mortal no salão, onde o sangue fumegava. Por fim Gunther disse:

— É o fim. Daqui não sairemos vivos.

— Eu sabia disso desde o início — retorquiu Hagen, com voz roufenha. — Quem não o sabia? Era um idiota quem não sabia disso!

— Eu não sabia — disse Giselher baixinho.

Nesse instante, vinda de longe, uma flecha huna zuniu através da porta aberta e atravessou-lhe a garganta. Giselher caiu morto.

— Se há alguém com vida que se chama Giselher — gritou o arauto da rainha —, deve sair, pois sua vida será preservada. É isso que a rainha ordena!

Mas o aviso chegara tarde demais.

Como em Bechelaren corriam as lágrimas da senhora Gotlinda e da pequena Dietlinde, que havia previsto tudo! Como seus corações estavam despedaçados!

Cremilde mandou colocar uma cadeira a pouca distância do salão, numa altura tal que pudesse ver o que se passava lá dentro. Ali sentada, acompanhava o combate. À sua frente estava agora Dietrich, o rei de Berna.

— É uma desgraça que tantos bravos tenham que morrer — lamentou-se ele.

— Restam poucos com vida e mesmo assim não me entregam Hagen — insistiu ele. — Apenas o senhor, Dietrich, está à altura deles, o senhor e seu mestre Hildebrando. Vá e acabe com tudo, mas traga-me Hagen com vida.

— Mas eu nada tenho contra esses homens! — exclamou Dietrich.

— Não há problema, senhor Dietrich. O senhor está preso ao juramento de vassalagem. Meu marido poupou sua vida e seu reino. Eles mataram seu amigo Rüdiger de Bechelaren. Traga-me o cadáver dele, e traga também Hagen vivo.

Dietrich mandou três dos seus mais fiéis cavaleiros buscarem o cadáver de Rüdiger. Chamavam-se Wolfhart, Helfrich e Siegstab. Os três ficaram furiosos e indignados quando viram Rüdiger e seus cavaleiros estendidos sobre o próprio sangue, mas os burgúndios, sedentos com o calor infernal do fogo, ficaram mais furiosos ainda. Houve troca de palavras de ódio, e no mesmo instante as espadas encontraram-se. Helfrich matou Dankwart, Volker matou Wolfhart, Hagen matou Siegstab. Helfrich estava tentando tirar o corpo de Rüdiger do salão quando Gunther o matou.

Hildebrando entrou na luta e cruzou espadas com Hagen. Nunca antes dois cavaleiros tão valentes encontraram-se frente a frente para um duelo. Pareciam invulneráveis. Dietrich entrou aos gritos, avisando que Hagen deveria ser levado vivo para Cremilde. Os dois combatentes baixaram as armas, arfando. Dietrich viu que restavam com vida apenas dois burgúndios, Hagen e Gunther, e que seus três cavaleiros também estavam mortos. A ira subiu-lhe à cabeça e ele sentiu um amargo rancor contra Cremilde, essa mulher que com a sua vingança mandara para a morte tantos homens valorosos.

— Agora tem que acabar — disse, rangendo os dentes.

Já não diziam palavra, apenas lutavam: Dietrich contra Hagen e Gunther contra Hildebrando. Os burgúndios estavam mortalmente cansados. Lutavam pisando sobre os corpos dos cadáveres, pois já não havia nenhum lugar livre no chão. Hildebrando conseguiu arrancar a espada da mão exausta de Gunther. Jogou-o ao chão e amarrou-o com uma camisa esfarrapada de um huno morto. Gunther já não se defendia.

Então Hagen viu que era o último que ainda se mantinha de pé e vacilou. A desesperança e também o cansaço paralisaram-no. Tudo começou a girar a sua volta. Sentiu dois braços fortes agarrarem-no, mantendo-o preso. Ele segurava frouxamente a espada Balmung. Dietrich pegou-o de surpresa e por algum tempo seus corpos ficaram apertados um contra o outro, como os de dois amantes, até que os joelhos de Hagen cederam. Dietrich jogou-o ao chão, amarrou-lhe os braços ao corpo e arrastou-o escada abaixo.

A vingança de Cremilde

Os dois prisioneiros amarrados, feridos e mortalmente exaustos, foram levados à presença de Cremilde. Ela ordenou que Gunther fosse jogado no calabouço.

— Onde você escondeu o tesouro de Nibelungo, que me pertence? — gritou ela para Hagen.

— Jurei não revelar a ninguém o esconderijo — respondeu Hagen, rindo — enquanto o meu rei ainda estivesse vivo. Por isso não direi onde está.

Gunther era o único que sabia em que lugar do Reno o tesouro fora afundado.

— Gunther está morto — retrucou Cremilde.

— Você mente, não acredito.

Cremilde ordenou a um dos chefes hunos, que estava atrás dela com o sabre na mão, para ir até o calabouço cortar a cabeça do prisioneiro e trazê-la para Hagen.

E foi o que aconteceu. O homem trouxe a cabeça de Gunther e arrojou-a aos pés de Hagen.

— Muito bem! — gargalhou Hagen. — Agora sou o único que sabe onde está o tesouro, e de mim você nunca conseguirá nada. O tesouro foi afundado no lugar mais fundo do Reno. Ninguém o tirará de lá.

Cremilde pediu a espada de Siegfried, a espada Balmung, que Hagen havia tomado para si, e segurando-a com as duas mãos decepou-lhe a cabeça. Nesse mesmo instante, seus joelhos cederam, ela caiu para frente e morreu.

Abatidos, Dietrich e Hildebrando presenciaram tudo e viram tudo o que aquela mulher fizera. Também os guerreiros hunos, espantados, viram como Cremilde morreu. O salão ainda ardeu por algum tempo e depois desmoronou sobre todos aqueles cadáveres.

E muitas mulheres choraram por a morte de Siegfried ter sido vingada dessa maneira.

PRÓXIMO VOLUME

SAGAS DE HERÓIS E CAVALEIROS
Mitos Germânicos

Tannhäuser

Parzival

Lehengrin

Tristão e Isolda

A távola redonda do Rei Artur

O Rei Ernesto

Impresso na Prol editora gráfica ltda.
03043 Rua Martim Burchard, 246
Brás - São Paulo - SP
Fone: (011) 270-4388 (PABX)
com filmes fornecidos pelo Editor.